ポーション、わが身を助ける

Potion, waga mi wo tasukeru

novel / Akira Iwafune

illustration / Sunaho Tobe

岩船 晶

Illustration

戸部 淑

「人形が、あるな……」

ショーウィンドウの奥を見て、
カルデノが言った。

「あの、リタチスタさん？」
肩越しにカエデも覗いてみると、黒い影がいた。

カルデノも同じく部屋の中を見ていた。
「死霊だ」

「待って、待ってください！」
白い妖精シロネリさんは
カスミが手から抜け出すことを許さず、
両手で優しく包むように体を押さえつけ、見下ろした。

「つぅっ」
地面に縫い付けられるように、
ふくらはぎの中ほどまで氷で覆われていた。

カスミと共に目を奪われていると、シロネリさんはすでに数メートル先を行き、早く早くと手招きした。

「この人形、
なんとなく
ヨシアに
似てない？」

Introduction

Potion, waga mi wo tasukeru

novel / Akira Iwafune illustration / Sunaho Tobe

妖精のいる島へ

リタチスタに頼まれ、**カエデ**と**カルデノ**は旅をして
設計書が他の街にも回されている可能性を**バロウ**たちに伝えた。
全員が集合した時、無事に全ての設計書が回収できたと思われたが、
数枚足りなかった。しかし、街で偶然知り合った男性**ジャナバ**が
なぜか失われた内の一枚を所有していたが、
それはジャナバの恩人で魔法の研究者であるマルビリスが関係していたためだった。
カエデたちがカーペランへ行って**マルビリス**に設計書の返却を迫ると
マルビリスの屋敷に招かれたが、それはバロウとリタチスタを誘い込むための罠(わな)だった。
バロウとリタチスタはその罠によって前後不覚に陥るが、設計書を取り戻すため
再度マルビリスの屋敷へ乗り込んでマルビリスを追い詰めたものの、
マルビリスが発動した転移魔法により、カエデ、カルデノ、**カスミ**の三人は
他の仲間と離れて大勢の妖精が住む不思議な島に飛ばされてしまった。
二人は**シロネリ**と名乗る妖精に島を案内されながら
リタチスタたちと合流する方法を考えるが、
島への侵入者に気づいたシロネリは
侵入者を追って姿を消してしまった。
島から脱出する手掛かりを得るため、
カエデたちもシロネリのあとを追うのだが----。

ポーション、わが身を助ける　9

岩船　晶

ヒーロー文庫

CONTENTS
9
Potion, waga mi
wo tasukeru
novel / Akira Iwafune
illustration / Sunaho Tobe

プロローグ　005

第一章　人形の街　010
第二章　ヨシア　062
第三章　伝言　101
第四章　合流　124
第五章　カーペラン　161
第六章　死霊　215

illustration
戸部 淑

イラスト／戸部 淑
装丁・本文デザイン／5GAS DESIGN STUDIO
校正／福島典子（東京出版サービスセンター）
DTP／天満咲江（主婦の友社）

この物語は、小説投稿サイト「小説家になろう」で
発表された同名作品に、書籍化にあたって
大幅に加筆修正を加えたフィクションです。
実在の人物・団体等とは関係ありません。

プロローグ

　私たちはリタチスタさんの荷台に乗って空を飛び、メナエベットの国境を越えた。以前カフカへ行った時は、その景色も、人も、空気も、何もかもがギニシアと違っていた。今回もきっとそんな街が待っているのだろうと思っていたが、いざ国境を越えて一時間ほどしてもギニシアとなんら変わらないメナエベットの雰囲気に、私は国を越えた感覚をいまいち感じられなかった。

「そういえば、リタチスタさんが人形の話をしてくれたおかげで、後藤さんとラティさんは今後の生活がしやすくなるかもしれませんね」

　立膝に頬杖(ほおづえ)をついていたリタチスタさんがこちらを見た。

「ん、ああ、まあそうだね。あの二人はもちろん、ラティが王都に居(きょ)を定めることは私たちにだって大きな恩恵があるからね」

「恩恵ですか?」

　私は首を傾げて聞く。

「そう。ラティは『妖精の水』を生み出せるだろう?　正直に言えばラティのその能力が大変魅力的なのさ。『魔力ポーション』に加えて、この先は『マキシマムポーション』の安定的な生産も必要になる。何せ先日のドラゴン騒動で、あれらの活躍は誰もが目を見張るものだった」

ドラゴンは王都を襲った巨大な災害だった。森を燃やし、人の命を奪い、命が助かったとしてもどれほどの苦痛を味わわされたことか。

負傷してベッドに横たわっていたアイスさんは、ラティさんの存在がなければ今頃どんな道を辿っていただろう。

今でこそ傷痕も隠れて元気な姿になったリタチスタさんも、病院のベッドでは血を見せていた。二人の悲惨な姿が頭をよぎる。ドラゴン討伐に関わった何人が私のように仲間や友人や家族を心配し、帰りを待っただろう。想像するだけで胸が締め付けられる。

「マキシマムポーションは冒険者だけでなく、絶対に国の有事の際にはなくてはならない物になる。間違いなくだ」

隣に座るカルデノが、見えない傷が気になるみたいに、一度はなくした腕の境目を指先でなぞった。

マキシマムポーションは存在を知られてはいても眉唾物扱いされてきた。それはひとえに、材料を揃える難易度の高さのせいだとリタチスタさんは言う。

「天龍草はともかく、妖精の水ばかりは簡単に手に入る物じゃないのは分かるだろう？」

私はコクリと頷く。

「カスミから聞く限り、妖精なら誰しも作り出せるってわけじゃない」

ラティさんは自分を大したものではないと卑下していたけれど、もし妖精の水を作ることが修練を必要とする類のものであれば、ずいぶん努力をしたことだろう。

「だから妖精の水を作り出せるラティを王都に留まらせるためには、ゴトーとラティ二人の自由が必要だった」

「そのための人形か」

「そう。あの二人がカエデとカスミのように行動できるのが理想なんだよ」

ラティさんも後藤さんも、簡単に街中を歩くことはできない。だからこそ自由に歩き回れる森の中は都合が良かったのだろうし、今となってはいつも同じ景色の資料庫の庭を歩くだけなんて、どれほど窮屈か。

「おっと、話しているうちに見えてきたよ。あそこが私の言っていた人形の街、メナエベットのベイスクイットだ」

メナエベットはギニシアと似た雰囲気の国。だからどの街であっても、それほど物珍しいものはないのだろうと思っていた。けれど、ふと気が付いたようにリタチスタさんが指さした先の景色を見ると、その考えが一気に変わった。

「あれが……」

最初にパステルカラーの屋根がたくさん見えた。

ケーキの香りが漂ってきそうな甘い色合いの建物の群れ。それからレンガの敷かれた大きな通りの活気ある空気の中の、嬉(うれ)しそうに花束を抱えた男性、プレゼントボックスにはしゃぐ子供、ドレスを翻(ひるがえ)して笑いあう少女たち、ショーウィンドウにくぎ付けになる男の子。

その誰もが皆、心の底から幸せを笑顔にして溢(あふ)れさせているようだ。きっと今日はお祭りか祝い事でもあるのだと私は思ったのだけれど、どうやらそうではないらしかった。

「相変わらず賑(にぎ)やかな街だねえ。きっとお金なんかなくたって、道を歩くだけで楽しいはずだよ」

そう言ったリタチスタさんは街の光景が気になるらしく、街の住人たちにつられたように笑みを浮かべて周囲を見ていた。

「今日が特別に賑やかってことではないんですか？」

そこでリタチスタさんはこちらへ目を向けた。

「私が昔来た時と変わってないなら、この街はこの雰囲気が普通なんだ。何か催し物でもあるみたいに思ってしまうけれどね」

「随分と栄えている街なんだな」

同じように周りを見たカルデノが言う。

「街全体で人形作りに力を入れている場所は世界中探したってベイスクイット以外にないからね。それこそ世界中から、人々が人形を探しに来る」

「素敵なところですね。ここで作られる等身大の人形はきっと、素敵なものでしょうね」

そうだね、とリタチスタさんは大げさに頷(うなず)く。

「それじゃあ街に降りようか。危ないからしっかり座って」

リタチスタさんの指示通り、キョロキョロするのをやめてしっかり座り直すと、荷台はすぐに降下を始めた。

第一章　人形の街

街の中を歩き始めてすぐに、私はその雰囲気に胸を躍らせた。

荷台の上から見下ろすだけでも、おとぎ話みたいに可愛らしい街並みが視界いっぱいに広がっていたのに、自分が今まさに空から見下ろした場所に立っていること自体が夢のようで、自然と笑みが浮かぶ。

淡い色彩がこぼれるさまざまな店が並び、そこかしこに飾られたたくさんの花や装飾品はやはり祭りを連想させ、扉一枚、窓の格子一つ、道端のベンチの小さな金具まで、凝った装飾が施されている。

「わあ、すごい……」

視界に広がる全てが飾り立てられたチャペルのように素敵なのに、自分の口からやっと出てきた感想の陳腐さに気が付かない。

「人形が、あるな……」

たまたま通りがかったお店の、曇り一つないショーウィンドウの奥を見て、カルデノが言った。

五十センチほどの大きさだろうか。まるで生きた少女をそのまま小さくしただけのような美しい人形が、小さな人形用の椅子に腰かけてこちらを見ていた。うるうるとした深い青色の目、美しい光沢の金色の髪、人形用とは思えないほど宝石を散りばめた淡い緑色のドレス。

見知らぬ街に来たとなると気を張りがちなカルデノも、毒気を抜かれたような表情で人形を眺めていた。

私とカルデノが全然動かないものだから、リタチスタさんが仕方なさそうに後ろから二人の背中をポンと押した。

「まあ感動するより先に宿を探そうか。明日は私も移動してしまうけど、今日は一緒に目当ての人形探しを手伝うからさ」

感動のあまり足を止めていた私たちはまず宿の部屋を取り、言われるまま再度街へ繰り出した。

リタチスタさんは周りのお店に目を配りつつ、歩きながらこの街について知っていることを説明してくれた。

「この街は人形の街って通称があるくらいだから、見て分かるとおり人形のためのものが多いだろう?」

それは少し歩いただけでも頷(うなず)けた。売っているのは人形本体だけでなく、多彩な服や装飾品も目につく。特に靴は、幼い子供のものとは違った可愛らしさがあり、ついまた足を止めてじっくりと眺めてみたい気持ちを堪えるので必死だった。

「で、人々が自分の自慢の人形と同じ格好ができるようにさまざまなサイズのものが揃っているし、人形のものとは言っても一級品が多い。見てごらん」

たくさんの素敵なお店が並んでいるが、ちょうど通りがかった店の中に小さなアクセサリーが並んでいる。

「ここら辺に構える店で扱っている人形のアクセサリーは、パッと見ただけでも、恐らく本物の宝石が使われている」

「まさか。たかが人形にか？」

カルデノは信じられないらしく、目を見開いた。

「カルデノがそう思っても、実際のところ自分と近しい様子の人形には、並々ならぬ情を持つことは珍しくない」

今まで品物にばかり目が行っていたため気が付かなかったが、通りがかる人の中には人形を抱えている人がチラホラいた。

きっと嬉しいことがあったのだろう、ニコニコと笑顔の少女は、腕に抱いた人形と同じドレスを身に着けてお淑やかに母親の隣を歩いている。

「ただ財力をひけらかすためか、本当に家族のように思うのか、どれだけだって金をつぎ込める人がいるのは事実なのさ」

　先ほどの店だって、どれほどの価格か分からないけれど、確かに商品を熱心に吟味する人がいた。それ以上言うこともなかったのだろう、そんなものか、と呟きながらカルデノは不思議そうに軽く首を傾げていた。

「けど、大きな人形はなかなか見当たらないですね。こんなにたくさんの人形があるから、探すのは苦労はしないかと思ってたんですけど」

「うーん。確かにそうみたいだね。今日中に見つからなかったら、そこは二人で根気よく探してもらうしかないけど」

「探すといっても、具体的にどんな人形を探すのがいいんだ？」

「ああ。確かに具体的な条件を決めてなかったね」

　リタチスタさんはカルデノの質問に少し迷って、次の条件を出した。

　男型であること。

　身長が百六十センチから百七十センチの等身大であること。

　人形だから限界があるとしても、関節として動く部分が、人と同じようにシッカリ作り込まれたもの。ただし足の指の関節は外から見えないため妥協してもよい。

　目は自然な作りで無難な色のもの。

　メイクを施されているもの。

「もっと言うと、あんまり少年すぎるものはゴトーの声に合わなくて違和感を感じそうだから、できれば避けたい」

「メイクっていうのは、女性がするようなものですか？」

「いいや。たとえば皮膚の色は一色じゃないだろう？　皮膚の下の透けた血管だとか、頬の自然な赤みだったり、シミだったり、そういったものを施している人形のことだよ」

そこまでのものがあれば、と願っているらしい。

「昔、リタチスタさんが人だと思って間違えて声をかけた人形っていうのは、それほど凝った人形だったんですよね？」

「そうだね。とても、人らしかった」

その人形が記憶にあるからこそ、ベイスクイットに来た。そしてリタチスタさんはきっとそんな人形があると期待しているのだろう。

けれどいくつ店を回っても、大きな人形はせいぜい百センチくらいで、とても等身大のものなんて見つかる気がしなかった。

「なかなか、見つからないものですねえ……」

たまたま入ったお店にも大きな人形はなく、つい呟いた。

「あれ、お望みのものが見つからないんですか？」

どうやら聞こえてしまったらしく、人形が並ぶ棚を眺める私たちのそばに、店主の男性がやって来た。

「あ、はい。大きな人形を探しているんです。男性で百六十センチ以上あるような」

ついでだから心当たりがないかと聞いてみれば、店主の男性は戸惑った様子で、繕うように咳払(せきばら)いした。

「ええと、ずいぶん大きな人形をお探しなんですね。でもそこまで大きな人形を作っている人はほとんどいないですよ」

「依頼して作ってもらうとしたらどれくらいかかる？」

すかさずカルデノが質問を投げかける。

「うーん……。どんなに早くても六か月以上はかかるかと」

「そんなには待てない。誰か心当たりはないかい？　本当に困っているんだ」

次にリタチスタさんが間を開けずにそう聞いたので、店主は追い詰められたみたいに一歩後ろに下がった。

「一人心当たりはありますけど、そもそも売れる主流は女の子の小さな人形だから、この辺の一等地を探してたんじゃ見つからないと思います」

そう言って教えてくれたのは、ロイドという男性のお店。

「彼は大きな人形ばかり作っているから、気に入るものがあるといいですね。今簡単な地図を描きますから待っててください」

親切に書いてくれた地図を頼りにロイドという男性の店へ向かうと、一等地と称される場所とは違い、まるで夢から覚めたような普通の街並みの小道があった。

ここにもちらほら、小さいながらもお店があるけれど、パステルカラーの色合いは薄れ、閑静な街並みだった。

「地図ではこの辺りにロイドって人の店があるようだけど……、確か店先に椅子に座らせた人形があるって言ってたっけ」

そう言って、リタチスタさんは辺りをキョロキョロと見まわす。

私も倣(なら)って人形を探したけれど、それより先に、店舗の軒先テントの下で本を読み耽(ふけ)る一人の青年が目についた。

それと同時にリタチスタさんが、あれか、と言った。

そして青年の方へ向かい、すぐ横にある扉を指さした。

「ここだよほら。見つかって良かった」

「え、え？　じゃあ、その人は……？」

横でリタチスタさんが話していても微動だにしない青年。つまり人ではなく、紛れもない人形。

「そう。よくできてる。これは期待できるんじゃないかい？」

私とカルデノは呆気(あっけ)に取られて恐る恐る人形に近づき、本当に人ではないのかと疑いながら、そーっとその顔を覗き込んだ。

血の気を感じさせる薄く色づいた頬。そよ風に揺れる細い茶髪。前髪の隙間から覗く眉。影を落とすまつ毛が縁どるのは濃い緑色の瞳。薄く開いた桃色の唇。本を開く指には薄い皮膚に透ける血色と血管。色づく艶のある爪。

けれど唯一衣服に隠れていない手首から先は、指の関節一つ一つに球体をはめ込んだような隙間があり、これは人形である、と教えていた。

「生きているみたいだ」

カルデノが指先で人形の腕をつつくと、コツコツと硬い音がした。

人形から顔を上げると、光の差し込む大きな窓から店の中が見えた。

壁際に数体、この人形と似た雰囲気の人形が椅子に座って並んでいて、さらにその奥の作業台で、今まさに人形の頭部を持ってメイクを施す男性の姿があった。

手に持つ細い筆は繊細に動いていて、店内の人の形をしたものの中で、唯一生きている人間だと認識できた。

リタチスタさんが扉に手をかけて引くと、ドアベルがチリンと控えめな音を鳴らす。

「こんにちは」

私とカルデノもリタチスタさんの後に続いて店内に足を踏み入れる。

作業をしていた男性はハッとして顔を上げてから筆を置き、こちらへゆっくりと歩いてきた。

身長はカルデノほどもあり、けれどほっそりとした体を少し丸めて、それがどこか自信なさげに見せている。

「こんにちは。珍しいですね」

優しげな顔で男性はそう言った。けれどすぐにまたハッとして、自分の言葉をかき消すように胸の前で両手をパタパタと振った。

「あ、ごめんなさい。せっかく来てくれたお客様にいきなり珍しいだなんて。ええっと、店先の人形を見て来てくださったんですか？」

「いやあ。実は普通の男性ほどの大きさの人形を探していて、ここでロイドって人がそんな人形を作ってると聞いて来たんだ」

リタチスタさんが簡単に説明すると、男性はコクコクと小さく頷いた。

「はい。ロイドは僕です。でもその、失礼な言い方なのは分かっていますが、多分あまり人形にはお詳しくないですよね？　人形は値が張りますよ」

人形を求めていくつも店を回って、小さな人形でも何百、何千タミルもするのを私たちは見て来た。値が張るなんて承知の上で、この店の人形がどの程度の価格なのかを聞いてみる。

「例えば、あちら」

ロイドさんが手で指し示したのは、壁際に並んだ人形のうちの一体。

全身を整えられ、綺麗な服も着ている。髪の毛も自然だ。

「本体が二万五千タミル……」

「え、二万五千？」

ロイドさんの言葉を、私はつい遮った。

「はい。メイクが二百タミル、ウィッグが千タミル、グラスアイが七百五十タミル、衣装が千タミル、靴が七百タミル。合計二万八千六百五十タミルで、お安い値段ではないんです」

私だけでなく、カルデノもリタチスタさんも、驚いて言葉が出ないようだった。

到底ラティさんから預かったお金で足りるものではない。自分たちの持っているお金はこの先の旅に必要なため、おいそれと追加もできない。

「に、人形って高価なんですね。すみません全然知らなくて……」

いえ、とロイドさんが言うと同時に、お店の扉がチリンと音を伴って開いた。

「ロイド！」

どうやらロイドさんと親しいらしい女性が、元気な声と共に笑顔で入って来た。

胸の高さで片手に紙袋を持っていたが、私たちの姿を見て、アラと口元を押さえて紙袋を持つ手を下ろした。

「ごめん、接客中だったのね」

親しい間柄だとばかり思ったが、女性の顔を見たロイドさんは表情を曇らせ、眉間にしわを寄せた。

「そうだよ、だから帰っ……」

「はいこれおば様から！」

「あっ、ちょっ！」

自分が手にしていた紙袋を押し付けるようにロイドさんへ手渡すと、ロイドさんは苛立(いらだ)って眉を吊(つ)り上げた。

手荷物がなくなると、女性は今度は目を輝かせ、まるでおやつを待ち望む子猫みたいに私たちの方へ寄って来た。

「私シアレッサっていいます。私も自分のお店を持ってるの、一等地の方よ。ロイドとは人形作家同士なの。で、ロイドのお店で話し込んでるってことは、ロイドの人形が気に入ったってことですよね？」

高い位置に結んだ黒髪は活発な印象を与えるが、まさに見た目のとおり。そして張りのある声と物怖(ものお)じしない大きな目が、話をしようと二重に語りかけてくる。

「え、あ、えと、はい」

鼻息荒く、やっぱり！　とシアレッサさんは手を打ち鳴らす。

カルデノは苦手そうに、目標にされた私とシアレッサさんから大きく一歩距離を取り、リタチスタさんも帽子のつばを下げて私からの戸惑いの視線を防いでしまうしで、私はシアレッサさんの妙な熱量に戸惑うばかり。

唯一視線で助けを求めることができたのはロイドさんだったが、どうもシアレッサさんはロイドさんの言葉に聞く耳を持たないのか、単に自分の声でかき消えてしまうのか、一方的なお喋り(しゃべ)りが止まらない。

「店先の人形は素敵でしょう? 魂を感じるわよね。ロイドはすごいって私も思ってるの。それなのにもったいないことに女の子を作らないし、そもそも七十センチ以上のお人形は人気があまりないものね。あなたもロイドに可愛らしいお人形を作ってほしいんでしょう? 私もずっとそう言ってて……」

「シ……っ、シアレッサ!」

大きな、怒鳴るようなロイドさんの声で、ようやくシアレッサさんはピタリと口を閉じた。

ロイドさんは額の辺りがカッカと赤らんでいて、表情からはムカムカとした感情が伝わってくる。しかも緊張からか太ももの横の握りこぶしは小刻みに震えていて、きっと大きな声を出すことには慣れていないのだろう。

言いたいことがあって声を荒らげたのだろうに、ロイドさんの口からはなかなか次の言葉が出てこない。

「な、なによ、いきなり大きな声出して。お客様の前だっていうのに。男の子しか作らないなんて言わずにきちんと注文を受けなさいね、意味ないわよ今のままじゃ。それじゃあ私は行くわね。あっ今度展示会の相談に来るから、女の子のお人形を作るのに抵抗があるなら私が一緒に作ってあげるから」

　わがままな子供をなだめすかすように、シアレッサさんはロイドさんの肩をポンポンと叩いた。

「いい加減に、しろよ……！」

　怒りの声と共にシアレッサさんの手を振り払う。

「僕のことを理解した気になってるキミの態度は本当に頭に来るんだよ！」

　怒りのあまり振り上げた手は、それでもシアレッサさんに向かうことはなく、近くの作業台を殴りつけた。出しっぱなしの道具が一瞬はねて音を立てる。

「な、なによ怒鳴りつけるなんて……」

　じわりと目に涙を溜めたシアレッサさんは、胸の前でギュッと両手を握りしめ、耐えるように下唇を噛みしめて店から飛び出して行った。

　嵐が去ったように、店内はシンと静まりかえった。

　深いため息をついて、ロイドさんは額を手で覆った。

「すみませんでした。お騒がせ、してしまって」

「いえ、それより、大丈夫ですか？」

「え？」

私がおずおず尋ねるも、ロイドさんは何について心配されたか分かっていないようでポカンと口を半開きにするだけだった。

恐らく作業台を殴りつけた時に道具が当たってしまったのだろう。手を怪我(けが)してしまったのだ。

「血が……」

自分では何も気が付いていなかったらしく、血の出ている右手を指さして教えると、ようやく理解したようだった。

「え、あ」

ココルカバンからポーションを取り出してロイドさんに差し出してみるも、私の顔色を窺(うかが)うだけで、一向に受け取ろうとはしてくれない。

「これで人形をどうこうって話じゃないんだ、心配せず受け取ってくれないかい？」

見かねたリタチスタさんが言うと、ロイドさんはそこでようやく嬉(うれ)しそうにポーションを受け取って傷を治した。

その後、ロイドさんが血の汚れを拭く間、カルデノが口を開いた。

「さっきの女、一体なんだったんだ？」

ロイドさんの手が一瞬止まって、すぐにまた動き出す。

「幼馴染みなんです、一応。そこまで親しくもないのに最近になって僕の人形を見たらしくて、この腕で流行りの人形を作ろうってしつこくて」

「展示会、とか言ってたか」

「ベイスクイットのことはあまり知らないんですよね？　展示会とは、現在の流行を取り入れて作った人形を大きな店や特設会場にいっぱい陳列して、多くの人の目に留まるようにする見本市というかお祭りのようなもので、頻繁に開催されてるんです。お客様に気に入られれば人気はうなぎ上り、一気に人気店、人気作家になれる大チャンスで、誰もが楽しみにしている催しです」

「へえ？　お金になるならいいんじゃないか。キミが渋る理由は、気に入らない幼馴染みとは人形を一緒に作りたくないってだけじゃないの？」

「いえ。僕は自分で生活できるだけの収入が一応ありますし。それよりも、時間が惜しいんです」

可能な限りこの店にある人形と同じ種類を作りたい。人気店になることや多くの人に求められることが目標ではない、とロイドさんは語る。

「僕はヨシアを……」

　言いかけて、ロイドさんは大げさに咳ばらいをして言葉を止めた。血もきれいに拭き取って、その後すぐに続きと言わんばかりに他の人形の説明を受けたものの、やはりどれも高価なことに変わりなかった。

　三十分ほど話して、私たちは考える時間が欲しいと伝えて店を出た。

「はい、ではまた」

　ロイドさんは笑顔で、扉をパタンと静かに閉めた。

「しかし参ったね。予想以上の値段だった」

　リタチスタさんの言う通り、とても手が出る値段ではない。

「事前に分かっていれば私も余計にお金を用意したんだけれどね」

「ギニシアに帰るまでどれだけ必要になるか分からないから、私たちも簡単にラティさんから預かった金額に足すってこともできませんし」

「どうしたもんかねえ……」

　私とリタチスタさんが頭を捻る中、カルデノが控えめに声をかけてきた。

　言いながらカルデノが目を向けるのは、私たちがここへ来るまでに通ってきた道の方。

「向こうの道の角にいるの、さっきの女だよな」

　三人で揃って同じ方を向くと、確かに先ほどの女性、シアレッサさんがいた。

　こちらの様子をうかがっていたようで、目が合うとサッと物陰へ隠れ、けれどすぐに姿を現して、渋い顔でこちらへジリジリと近づきながら手招きを繰り返した。

「行った方がいいんです、かね……？」

私一人では判断できず、二人に意見を求める。カルデノは面倒に感じて乗り気ではなさそうだが、リタチスタさんは違った。

「確か一等地に店を持ってると言ってたね。もしかしたらロイド以外にも等身大の人形を作っている人に伝手があるかもしれない。少し話してみようか」

手招きしているシアレッサさんの方へ歩き出すと、シアレッサさんは目に見えて表情が和らいだ。

「良かった、無視されたらどうしようかと思っちゃった」

ある程度まで近づくと駆け寄ってきて、ニコリと笑いかけられる。

「皆さんさっきぶりですね。ねえロイドのお人形、素晴らしかったでしょ？　あなたたちはお人形に詳しい？　あまり詳しくないなら私のお店に来ない？　いろいろ説明してあげられるわ」

ねえねえ、とリタチスタさんの腕を引く様子は、少々強引に見えた。実際にリタチスタさんはその手をパッと振り払い、フウと息をついた。

「キミ、何か私たちに用があったんじゃないの？　それとも本当に人形について説明したくてウズウズしてたのかな」

「あ、ええ、まあ……」

急にしおらしくなったかと思うと、しょんぼりと肩を落とす。

「実はその、頼みたいことがあって。ロイドのこと……なんですけど。まずは話だけでも聞いてくれます？」

「まあ、聞くだけならいい。とはいえ、こちらも時間の都合があるんだ、ダラダラしたお喋り(しゃべ)なら遠慮するよ」

「はいもちろん！　あ、そうだ。頼みを聞いてくれたら、私からもロイドにあなたたちの依頼を引き受けるよう説得するわ、それが無理だったとしても望む人形が手に入るように協力するから」

しらっとした様子のリタチスタさんからは、シアレッサさんにロイドさんの説得を期待するそぶりなんて見られない。

それは先ほどの店での二人のやり取りを見ていた私も、そしてカルデノも同じ気持ちだろう。

「で、肝心な話なんだけど……」

言いながらシアレッサさんは、チラリとロイドさんの店を見た。

「ここではなんだし、私のお店に来てくれます？」

どう間違えてもロイドさんに聞かれたくない、そんな気持ちが透けていた。

お店まで案内してくれる道中、シアレッサさんはたくさんの人に話しかけられ、多くの人と知り合いのようだった。そのどれもが好意的で、面倒にも思わず明るい笑顔で答えるシアレッサさんは、ロイドさんへ見せた一面が不思議に思えるくらい、人に好かれるような人に見えた。

そんなシアレッサさんのお店は、外から覗くとディスプレイ台にはキラキラ輝く宝飾を施された可愛らしい人形が並び、店内もロイドさんの作る人形とはまた違った美しさで埋め尽くされていた。

「こっちで話しましょ」

そう言って店内の奥まった席へ通される。お客さんから作ってほしい人形の詳しい注文を聞くための席だが、今は客もいないため問題ないようだ。

丸いテーブルを囲むようにちょうど四脚の椅子があり、全員が腰かけると早速シアレッサさんは口を開いた。

「それで話だけど、ええと、まず私とロイドは幼馴染みで。だから幼いころからロイドの内気な性格を知っているんだけど、大人になった今も直ってなかったでしょう？　だから何とかしてあげたいと思ってて、その第一歩として一緒に人形を作って展示会に出したいの。そのために、人形に詳しくない客のあなたたちから、ロイドに人形は小さな女の子の方が良いと言ってほしくて」

「…………」

「…………」

私とカルデノは無言だった。なんというか、それはお節介、余計なお世話ってやつじゃないか、と。

「肝心のロイドは内気な性格でも問題なく生活できてるようだけど。私たちの質問にも丁寧だったし、不快に感じる部分もなかった。それでも説得が必要なのかい？」

「必要です。ロイドには自分の価値観だけにこだわらず、もっと周りを見て他のお人形の素晴らしさに気づいてほしいんです。そしたらロイドの技術で作り出される流行りのお人形はきっと、もっと素晴らしくなるはず。あんなにも魂のこもったお人形を作れる人はそういないから、だから、どうしても」

願う姿は切実だが、どれもシアレッサさんの望みばかりで、ロイドさんの気持ちを考えているようには思えなかった。

それはきっとリタチスタさんも同じだろう。けれど、シアレッサさんの頼みを聞けば、ロイドさんのお店以外でも等身大の人形を入手するチャンスができる。無理に決まってるだろうとおざなりにもできなかった。

「シアレッサさんからは、もう何度も説得をしているんですか？」

私の問いに、コクコクと頷いて答える。

「でも、この街の流行りなんて知らないから自分が作りたい人形を作る、外には自分の人形だからこそ好んでくれる人もいるから口を出すな、って言われちゃって」

　はあーあ、とわざとらしいため息。

「でもロイドが作るベイスクイットのスタンダードな人形を見てみたいの、ロイドは私にあれこれ言われて反抗しているだけなのよ」

　シアレッサさんがロイドさんの人形作家としての腕を高く評価しているのは、少し話しただけでもよく分かった。でも、ロイドさんが頑（かたく）ななのはシアレッサさんへの反抗心というより、むしろ本人に固い意志があるからだろう。

　あの形の、あの大きさの、あの人形に強いこだわりや思い入れがあるからこそ、内気な性格で人と接することが苦手だったとしても、やり遂げたいからこそ人形作家として続いているのではないか。魂のこもる人形を作れるのではないか。

「あの、無理に誘ったりしないで、お互いに違う道を進むのはどうでしょう？　ロイドさんは展示会自体、興味がないんですよね？」

「え？」

　気に障る言葉がどうかありませんように、と恐る恐る口にした私の言葉に、シアレッサさんはキョトンとして首を傾げた。

「誰もが喜ぶ人形を作るのが一番だし、人形作家として有名になればそれだけお金も入ってくるし、お金があれば良い素材や人脈にも繋（つな）がるわ。うーん。むしろそうしない理由は何？」

嫌味はない。こちらを馬鹿にしているのでもない、ただ純粋に自分の疑問を解消したくてシアレッサさんはそう聞いた。

「え、と……」

テーブルの下で足をトントンとつま先で突かれ、ハッとしてリタチスタさんに目を向けると、小さく横に首を振った。

リタチスタさんはテーブルに頬杖（ほおづえ）をついた。

「一応私たちから、彼を説得できるかどうか試してみよう。この街のスタンダードな人形も素晴らしいから、そんな人形を作るべきだと言えばいいんだね？」

「そう、そうなんです！　ありがとう！　人形に詳しくない人でも強く惹（ひ）かれるのはスタンダードな人形だって分かってくれたらいいなあ」

シアレッサさんは大げさに喜んでみせた。

「じゃあ、私たちが説得を試みよう。その上で、私たちが人形を手に入れられるように、キミがどのように何を協力してくれるか、具体的な案を聞かせてくれるかい？」

「あ、そうね、うーん……」

どうやら深く考えていたわけではなかったようで、ここでようやくアゴに手を当てつつ、考え込んだ。

「じゃあ、あなたたちが人形を買う時、私が金額の半分を出すわ。良い条件じゃない？」

「え……」

驚きで私はつい声をもらす。

一等地でこうしてお店を続けられるくらいだ、シアレッサさんにとって痛い出費ではないのだろう。

「へえ、悪くない。けど私たちとロイドは今日会ったばかりの他人だ。説得できる未来なんて全く見えないけど、それでいいんだね？」

「それでも、ロイドがまた変な幻覚でも見始めたら、今度こそ取り返しがつかなくなるかもしれないから」

「幻覚ですか？」

シアレッサさんは一度頷(うなず)いて、私の質問に答えてくれた。

「ロイドは家の事情で、小さい頃から一人で過ごす時間が多かったの。そのせいでいつの間にか、ロイドはいもしない弟の幻覚を見るようになったのよ」

ふと、ロイドさんが口にした「ヨシア」という名前を思い出す。関係があるかどうかは分からないけれど。

「とにかく説得してみてね。ロイドの心を動かしてほしいの」

「もう一度言うけど、説得できる可能性なんて限りなく低いから、それを承知しておくように。失敗に終わっても半額を出す話は守ってもらうよ」

「大丈夫よ大丈夫！　さ、行って行って！」

期待に満ちた表情で背中を押されてお店から出される。

成功しか考えていないような笑顔で手を振って見送るから、それ以上は何も言えず、私たちは再びロイドさんのお店へ向かうことにした。

とはいえ渋々。足取りもなんだか重たい。

自然と私たち三人の間で、シアレッサさんについてどう思うかという会話が始まった。

「シアレッサさんて何だか、こう、なんて言ったらいいか分からないけど少し……、変わった人だよね？」

「ああ。私はほとんど会話なんてしてないのに、ものすごく疲れた」

カルデノは大きなため息をついた。

「正直なところ、会話はできているのに話を聞いていないって印象だね。自分と違った意見は飲み込むまでに時間を必要とするタイプか、それとも受け付けられないのかは分からないけれど。あれじゃあロイドの苦労も想像できる」

リタチスタさんの言葉に納得した。

「あの様子じゃあ、やっぱり説得はできなかったなんて言ったら、約束が違うとか話が違うとか言いかねないなあ」

ポツポツと会話を続けるうちに、ロイドさんのお店が見えてきた。

「あれ。あの人形売れたのかな」

まだ距離があるためはっきりしないけれど、今まさに男性二人がロイドさんの等身大人形を、店の向かいに止められた馬車に運ぼうとしているところだった。

「やっぱり売れてるんだ……」

シアレッサさんの心配は余計なものなのだろう。

けれど、何だか様子が変だと思ったのは、その後ロイドさんが人形を運ぶ男性の服を引っ張りながら、必死に何かを訴えている姿が見えたから。

でもヒョロヒョロと細い体のロイドさんでは男性を止めることができず、それでも男性に食らいつくと男性は手を滑らせ、人形は頭から硬い地面に落ちてしまった。

「あっ」

遠目からでも割れてしまったのが分かる。

男性二人はそれに怒り、離れた私たちのところまで怒鳴り声が聞こえてきた。

「急ごう」

リタチスタさんはそれだけ言ってロイドさんたちのところへ走り出し、私とカルデノも続いた。

私たちの到着と同時に馬車は走り去ってしまったが、真っ先にロイドさんを心配した。

「大丈夫ですか？」

ロイドさんは割れてしまった人形を前に両膝をついて、悲しそうにうるうると目に涙を溜め、割れた人形を持ち上げながら、声もなく数回頷いた。

「手伝います。中に運んだらいいんですよね？」

「あ、ありがと、ございます」

先にロイドさんは人形を中に運び入れた。私とカルデノは、破片は少ないものの、手分けして拾い集める。

リタチスタさんも遠くに破片が飛び散っていないかを確認してくれたため、すぐに回収を終えて、破損した人形が置かれたお店の中の作業台に破片を置いた。

「ありがとうございます」

ロイドさんは手の甲で涙をぬぐった。

こんな中で、シアレッサさんに頼まれて説得に来ただなんてとても言い出せない。

「どうして人形はこんなことに？　さっきお客さんに渡すのを拒否しているように見えましたけど」

「……少し、行き違いがありまして」

「行き違いですか」

「金銭トラブルです。一括で支払う約束を守っていただけなかったので」

ロイドさんは作業台に乗せられた壊れた人形から目を離さない。後頭部の破損は大きいが、顔は数本ヒビが入っただけだ。そしてヒビくらいで美しさは損なわれていない。

「この人形には誰か、モデルがいるんですか？」

ジッと人形を見るロイドさんの眼差しが、なんだか家族に向けられるもののように思えて、私は尋ねた。

「……僕の、僕の弟です。今はもう、いないんですけど」

「………」

シアレッサさんの言っていた、いもしない弟の幻覚という言葉を思い出す。

もちろんロイドさんは私たちがそれを聞いたことは知らない。それでもわずかな表情の変化を読み取ったのか、キュッと身をすくめる。

「ひょっとして、僕の弟について何か聞きましたか？」

「あの幼馴染みから簡単なことを聞かされた」

サラッと答えたカルデノ。

「シアレッサ……」

ロイドさんは嫌悪感を露わに、憎々しげにシアレッサさんの名前を呟いた。

「今日会ったばかりの私たちに、自分の都合やキミについて教えてきて、協力してくれと言ってきたんだよ。ついさっきね」

どうやらリタチスタさんは、ここでシアレッサさんから頼まれた説得について説明することにしたらしい。

「協力って、何をですか？」

「『この街のスタンダードな人形や流行りの人形だって素晴らしいんだから、キミもぜひ作るべきだ。誰もが求めるような人形を私たちも見てみたい』と、説得するように頼まれている」

さり気なさだとかは微塵もない。シアレッサさんとのやり取りさえそのまま教えて、これではただの伝言だ。

ロイドさんは案の定、シアレッサさんの影がちらつく無意味に近い説得の言葉に頭を抱えて、ため息をついた。

「それをあなた方、引き受けたんですか。僕が頷くって？」

「まーったく思ってないね。私たちがこの話を引き受けたのは、もちろん交換条件があってのことだよ」

敵意交じりになっていたロイドさんの目がジッとリタチスタさんに向けられる。

「交換条件？」

「そう。キミへの説得を試みるだけで、私たちが買う人形の代金の半額をシアレッサが負担してくれるってこと」

やれやれという感じで、リタチスタさんが肩から力を抜く。

「だからこれでシアレッサからの頼みは……」

「なら！」

ロイドさんはリタチスタさんの言葉を遮って、丸めていた背中を伸ばして大きく口を開いた。

「シアレッサに、僕にもう関わらないでくれって伝言を頼めませんか？　今まで我慢してきたけど正直迷惑してるって」

「ええ？」

リタチスタさんはロイドさんの勢いに少し引いた。

「あっ、えと僕もちゃんと報酬を払います。今回の伝言でシアレッサが僕への干渉を諦めたら僕の人形を差し上げます、代金はいただきません。僕からの伝言が無意味だったとしても、半額……からもう少し差し引いた金額まで値引きしますから。だからどうか、お願いします」

また背中を丸めるようにしてリタチスタさんに頭を下げるロイドさんに、リタチスタさんは困惑気味だったが、同情心もあるようだった。

「キミの作る人形はどれもとても高価だ。それに弟をモデルにしていると言っていたね。

そんな大切な人形を、たかが伝言するだけで……。そんな扱いをして本当に後悔はしないのかい？」

ロイドさんは迷いなく頷（うなず）いた。

「僕にとってシアレッサと関係を断つことは、それだけの意味や価値があります。いざ本人を目の前にすると言いたいことがあるのにうまく口が動かなくて。情けないけど、もどかしい思いをしてきました」

リタチスタさんは私とカルデノの方を見た。

「良い条件だと思う。シアレッサのところへは私が行ってくるよ。ロイドの説得は無理だったとの報告もしてくる」

良い返事がもらえた。それだけでロイドさんは何度もお礼を言った。

リタチスタさんがお店を出てから、ロイドさんは希望を見つけたように穏やかな顔で作業台の壊れた人形の状態を詳しく調べ始めた。

「こんな壊れ方をして、直せるものなんですか？」

「ああ、はい。時間はかかりますけどちゃんと直ります。僕の仕事は人形を作るばかりじゃなくて、誤って壊してしまった人形の修理とか、一部を作り直すとか、他にもメイクを変えるなんて細かなものもあるんです」

質問に丁寧に答えて直せるとは言ったが、やはり壊れた人形を見下ろす目は悲しそうなままだ。

「お前、シアレッサが伝言を聞いて素直に引き下がると思ってるのか？」

「いいえ。全然」

カルデノの質問に、ロイドさんは首を振って否定した。

「でも、もしかしてって、万が一があるかなって思っちゃうんです」

シアレッサさんにロイドさんの言葉が通じますようにと、祈らずにはいられなかった。

ところが戻ってきたリタチスタさんの疲れたような表情から、そんな願いは脆（もろ）く崩れたのを知る。

「いやあ、無理だったね」

「で、ですよね。分かってましたけど、そっか」

ロイドさんは声まで小さくなってしまった。

「どんな話になりました？」

私が聞くと、リタチスタさんは細かくシアレッサさんとのやり取りを教えてくれた。

「まずロイドの説得ができなかったことを報告したんだけど、事前にあれだけ無理であることを承知するように言ったのに、プンプン怒ってたよ」

いやもう本当にプンプンっててね、とリタチスタさんは小さい子供を真似るように両手を小さく振った。

確かにリタチスタさんは説得できる可能性は限りなく低いと、それを承知するようにと言っていた。

けれどいざそう報告されたシアレッサさんは、話が違わないか、と言ったそうだ。

「何も違わないんだけどね。むしろ説得できなかったんだから半額出す話は無効だと言うなんて、そっちの方が違うだろうに」

まあどうにかなるだろう、いつか自分の思う通りになるだろうというシアレッサさんの楽観が透けて見えてはいたが、口約束だったとしても自分から言い出した約束をあっさり破ろうとするとは。言葉がなかった。

「なーんかそんなヤツっぽさはあったから、そんなに驚いてはいないけど。ずるずると続けられそうだったからロイドが言うことを伝えたんだけど……」

ロイドさんはお腹の辺りでぐっと拳を握って、リタチスタさんの続く言葉を待った。

「予想通り全く響いてなかった。というか、なんでそんな伝言を寄越したのか、直接言わないのには理由があるに決まってる、顔を見て話せば分かるはずだって、まあ、そんな感じだったよ」

「……そうですか。ありがとうございました」

「ここから逃げ出そうとか離れようと思ったことはないのか？　そんなにも苛立ちまみれの毎日でよく耐えられるな」

完全に諦め切った表情のロイドさんに、カルデノが言った。

「耐えられませんよ。でも実際のところ僕はこの街を離れることはできないし」

「生活に余裕があるくらいの収入になってないのか？　こんなに高い人形を作ってるんだから」

「それは、収入の話なら確かに僕一人が生活するには困ってませんけど、だからって大金を用意できるってことじゃないんです。人形は高いけれど一体作るにも何か月もかかりますから、常に大金が入ってくるわけでもないです。資金の問題じゃなくて……」

そこでロイドさんは何だか言葉を続けにくそうにもごもごと口ごもる。

悩み始めて何も言わなくなったロイドさんに、今度はリタチスタさんが質問を投げかけた。

「この街にいたいのかい？」

「それは、まあ……」

「ふむふむ？　それで？」

「そ、それで……」

リタチスタさんは一度返答を催促したけれど、それ以降は私たちも、モゾモゾと落ち着かない手をただ遊ばせているロイドさんの言葉を待った。

答えたくないとも言わないし、むしろ私たちの顔をうかがい、どうするべきか迷っているように見えた。

そうしていた時間は一分にも満たなかった。

「弟を作ろうと、してるんです。完璧に、生きていた時のような」

「なるほど、弟をね」

「それがシアレッサから聞いた、幻覚の弟のことか」

「え、はい、そうです……」

「シアレッサさんがロイドさんに別の種類の人形を作らせようとしてるのは、その辺も関係あるんでしょうか」

あまりにあっさりと「幻覚の弟」のことを受け入れて私たちが質問を続けるから、ロイドさんは拍子抜けしたようにポカンと口を半開きにして固まった。

「もしかして、皆さん本当にシアレッサとの問題を解決するために、協力してくれるつもりですか？」

まんまるく開いたロイドさんの目には、驚きがありありと見て取れた。

「もちろんです」

協力する大きな理由はロイドさんの人形を入手するためだけれど、改めてそれを伝えてもロイドさんはとても嬉しそうだった。

「光栄です。僕もしっかり協力しないといけませんね」

「ああ。そのためにも少し込み入ったことを聞くことになるけれど、構わないかな」

「大丈夫です」

そこから先、リタチスタさんが誘導する形で、シアレッサさんを交えたロイドさんの簡単な生い立ちを聞くこととなった。

「シアレッサとは幼馴染みだけど親しくはないと言いましたよね。実家の近所にシアレッサの家があるんです。両親の忙しさは知られていたので、寂しいだろうと、ヨシアが現れる前はよく遊んでくれたんです」

「へえ？　それだけ聞けば仲の良い幼馴染みじゃないか」

「まあ、そうですかね」

どうやら肯定はしたくないようで、返答は曖昧なものだった。

最初こそシアレッサさんはロイドさんを誘って遊んでいたけれど、次第に誘いは減り、ロイドさんからの誘いも断ることが増えたのだという。

おそらく他に楽しく遊べる友達ができたとか、やりたいことができたとか、とにかくシアレッサさんにはロイドさんよりも優先するものができたのだろう。

それ以来友達として遊ぶことはなく、顔を合わせても近所同士ちょっとした挨拶を交わす程度に落ち着いたらしい。

そう聞くと私たちが見たシアレッサさんの態度はだいぶ馴れ馴れしいのでは、と思わざるを得ない。

「じゃあシアレッサさんは、本当に親しくもないのにあんな親友みたいな顔をしてロイドさんのお店に……」

「ええ。僕の作った人形をたまたま見たらしいんです。そうしたら、まるで仲良く遊んでいた時間が今も続いているみたいに話しかけてきて。本当にあの時は驚いて困って、一方的に話す人だから僕が困惑してるのにも気が付いてくれなかったし」

聞けば聞くほど、シアレッサさんという人はなんだか、距離を分かっていないというか、好かれる人には本当に好かれるだろうとは思うが、ロイドさんのように他人との距離をとりたい人にとっては苦痛だろう。

「じゃあ、ロイドさんの人形を見て感動したのは本当なんですね」

「だからこそスタンダードな人形が見たいと言うんだね」

リタチスタさんが私の言葉に続いた。

「人形作家としての腕を褒められるのは素直に嬉しいです。僕のお客様の中には海を渡った国からはるばる来てくださる方もいるくらいですから、そんな方々に応えられるという自信に繋がります」

でも、とシアレッサさんの顔を思い出すのか、小さくため息が漏れた。

「強制されるのは違うんだよなあ……」

ほとんど独り言のようだった。

「この街ではどうなんだ？　もし一度でもこの街の住人が購入したことがあるなら、この街でも需要があるとシアレッサに言い返せるんじゃないのか？」

カルデノが、思いついたと言わんばかりにピンと人差し指を立てた。しかしロイドさんは残念そうに小さく首を横に振った。

「それが、この辺りの方が購入したことはないんです」

この街で、男の子というだけならまだしも、それが等身大の人形となると需要が低いどころか存在すら怪しいレベルだと教えられ、閉口するほかなかった。

どうしたらいいかを皆で話し合う中、どうしてもシアレッサさんの強引な性格が邪魔をしてくる。

例えば、たった一度だけスタンダードな人形を作ってみる。そうしたらシアレッサさんの気が済むかもしれない。

これに対し、ロイドさんはすぐさま首を横に振った。

「諦めるどころか、火に油を注ぐことになる気がしてなりません」

なら逆に、ロイドが作る等身大の人形をシアレッサさんに認めさせるのはどうか。

けれどシアレッサさんはすでにロイドさんの人形を認めた上で、「この街のスタンダードな人形」を作らないなんてもったいない、理解できないと言っているわけで、この街全体が等身大の人形に高い価値があると認めなければ意味がない。

仮に、これから等身大の人形が高い評価を得ることができるとしても時間がかかりすぎるし、計り知れない努力と苦労を要するだろう。

「もう、お前がこの街を出るしかないんじゃないか?」

あれこれ考えた上で意見の終着点みたいなことをカルデノが言い出した。たしかに、シアレッサさんから離れるためという一点においては一番現実的だが。

「いえ、それはちょっと……」

「費用のほかに、この街を離れることに気がかりがあるのか?」

ロイドさんは少し間を置いてから答えた。

「生活の心配、ですね。そもそもこの街は人形が欲しい人たちが集まります。だからその中には僕の人形を気に入って購入してくれるお客様がいるわけですけど、当然他へ移ってからも同じとはいきません」

小さくなってロイドさんは続ける。

「わがままなのは分かってるんですけど僕は人形作家として仕事を続けながら自分の納得できるヨシアを作っていきたいんです。ベイスクイットから離れたら人形作りは趣味にして、別の仕事に時間を充てることになるでしょうし、それは、嫌なんです」

「本当は、単純に迷惑な行為をしてくるシアレッサがおとなしくなればいいだけの話だからねえ。被害者であるキミが引っ越して、その挙げ句ずっと続けてきた仕事を変えるってのは理不尽だよ」

「ならやっぱり、シアレッサさんを説得するしかないですかね」

私が言うと、振り出しに戻ったね、とリタチスタさんが呟く。

沈黙が場に満ちて、ふと思ったことを口にしてみた。

「今後ロイドさんが思った通りのヨシアの人形が作れたら、人形作家は辞めてしまうんですか？」

今人形作家としてやっているのは、つまり納得できるヨシアを作るためということ。その目標を達成したら等身大にこだわらずいろいろな人形を作る余地もあるだろうかと思っての質問だったが、ロイドさんは考えてもみなかった、と天井を見上げた。

「ヨシアが作れたら……。どうなんでしょう。目標がなくなったら、また新たに目標を見つけるんでしょうけど、今の自分にはそれが何なのか見当もつきません」

天井からゆっくりと視線が下りてきて、ロイドさんは店の中に並ぶ人形を見た。

「ヨシアって、どんな人だったんですか？」

店の中の人形はどれもうっすらと微笑みを浮かべたように柔らかな表情をしている。幻覚だったとしてもロイドさんの心を支えた、生きたヨシアとはどんなふうに接していたのかが気になった。

「え、でも、話しても怒りませんか？」

ヨシアについて聞かれるとは思いもしなかったらしい。オロオロと私たちの顔を見比べるように忙しなく目が動く。

「ははーん。さては誰かに怒られたことがあるんだね？」

「それはもう、父には殴られたくらいですから。誰も僕の話をまともに聞いてくれなかったから、でも、うん」

ロイドさんは一気に明るい笑顔を見せた。

「えと、はい、僕の弟のヨシアは皆さんがシアレッサから聞いた通りの、幻覚でして。でも、僕の一番の心の支えだったんです」

幻覚と呼ぶのが正しいのかは分からない。人形作家として忙しい両親を持って寂しい幼少期を過ごす中、突然ヨシアが現れたのだと言う。

突然現れて、まるでいつもそうしていたから今日も一緒に遊ぼ、と話しかけてきたように、本当に自然にそこにいたんだと。

見え始めたころはまだ同い年くらいだったけれど、徐々に自分だけが成長した。小さな頃だから、自分にしか見えない友達を子供の空想と両親は軽く流していたけれど、徐々に気味悪がるようになった。

「いつまでも消えない、息子の見えない弟か。産んだ覚えもないんだから、そりゃあ両親だって心配に思うだろうね」

「両親の気持ちも分かります。けど僕にはちゃんと見えていたんです」

そして、ヨシアが消えたのも突然だったと言う。

「ヨシアのことを知っていたのは、両親とシアレッサの家の人だけだったと思います。でも、誰もヨシアの存在を信じてくれなくて悩んでいた時期に、パッタリと姿を見せなくなってしまったんです」

いつもヨシアと話していたロイドさんが独り言を言わなくなったと、両親はとても喜んだそうだ。

「ヨシアがいなくなったことをあんなにも喜ばれたことが悲しかった。……幼い僕が作り出したんだとしても、ヨシアは忙しい両親よりもずっと僕のことを分かってくれていました し、言った通り寂しい幼少期を一緒に過ごしてくれたのもヨシアなんです」

話を聞いている限り、ロイドさんは自分でヨシアを幻覚だったと理解しているようだ。でもそれはそれ。幻覚だとしても、たとえ気味が悪いと思われても、否定されることは耐えがたい苦痛だったそうだ。

そうしてロイドさんから事情を聞く中、リタチスタさんが疑問を口にした。

「しかし成長もしないし幼いまま姿が見えなくなったという割に、キミの作る人形は少年と青年の中間……まあ少年寄りか。それでもキミの語るヨシアとはずいぶん齟齬（そご）があるようだけど」

「それは、現れなくなった後のことになるんです」

「ほう？」

「ヨシアが消えて一年くらい経って、またヨシアが現れたんです」

その時のことを思い出しているのか、目の前のロイドさんもどことなくホッとしているように見える。

「それからのヨシアは少しずつ成長を続けて、この人形たちを見て分かる通り、少年の姿にまでなったんです」

ずっと幼いままだった幻覚が消えたかと思えば再び現れて、さらに成長までする。自分が作り出した幻覚なら、なぜ最初から一緒に成長してくれなかったのかは疑問だが、確かに心の支えだったのだろう。

「なら今はまた消えて、そのままなのか？」

カルデノが質問する。

「はい。そのときヨシアが現れなかったら両親との仲は今とは違ったのかなと考えました。そしてそれ以降はもう何年も僕の前に姿を現しません」

「キミの心の成長と捉えられないこともないが、納得はできていないいんだね」

「はい」

ロイドさんはふと作業台から少し奥のスペースに行き、作りかけの人形の中に紛れる一つから、布を取り払った。

「こちらへ来て見てもらえますか？」

呼ばれて、私たちは素直にそちらへ向かった。

布の下から顔を出したのは、置き場所を間違えたとしか思えない、椅子に座らせられた完成している一体の人形だった。

簡単な服を着せられ、膝の上に手を置いて行儀よく座る姿は、息をしているように見えた。呼吸に合わせて少々長めの茶髪が揺れるような錯覚を覚える。今にもこちらを見上げて控えめな声でこんにちはと声をかけてきそうで、瞬きしそうなまつ毛の震えも見えそうだ。繊細に人を模し、けれど人形としての美しさもあった。

「これが、一度はヨシアとして満足できてしまった人形なんです」

「えっ、じゃあもう目標と言えるものは達成してるじゃないですか？」

満足できたと言うのなら、今も追い求めるヨシアとはなんなのか。

「これがヨシアだと満足しているはずなんですけど、でも分からないんです。ヨシアが本当にこんな顔だったか、まつ毛の長さとか、口の端の上がり方とか。あんなにいつも見た姿なのにだんだん思い出せなくなるようで、この人形も、ヨシアとはかけ離れているのを自分が気づいていないだけなのかなって考えてしまうんです」

そう語る表情は、寂しそうだった。

「だからなのか、何年も前に作ったこのヨシアより納得できる人形は作れていません。作れば作るほどヨシアから離れていくんです。今も一緒に成長してたらどうなってるか、身長はどれだけ伸びたか、いろいろ考えてしまうからですかね」

ロイドさんは自分を嘲笑した。

「もう一度、動き回るヨシアが見たいなあ」

「ん」

カルデノが面白いことを思いついたみたいに人差し指を立てた。

「ゴトーなら動かせるかもな」

「あっ、ちょっとカルデノ……」

面白がることではないだろうと軽くカルデノの腕を叩いて、それに反応したカルデノはすぐに口を閉じた。

けれどロイドさんはカルデノの言葉を聞き逃さず、どんな可能性なのかと興味を持ったらしい。クルリとこちらを見た。

「え、動かすってどうやってですか？　大きな人形ですけど、操り人形みたいにってことですか？　僕の人形すごく重たいですよ？」

「操り人形……言い得て妙だな」

どうやるのかは不明だが、後藤さんはどうにかして、人に取り憑く代わりに人形を操れるように練習をすると言っていた。それは確かに操り人形ではあるだろうが、だからってそれを大切にしているロイドさんの人形でやる、と本人の前で言うのは憚られた。大切にしているが故に、そんな使い道なら売りたくないと言われるのではと、私なりに危惧している。だから早めに冗談として誤魔化したかった。

でも、ロイドさんは冗談に付き合って人形を操る方法を知りたがっているのではなく、割と本気なようで、頭を下げて言った。

「あの、具体的なことって教えてもらえませんか？　どんな方法だとしても何も言いませんから」

それはもう真剣な表情をしていて、助けを求めてリタチスタさんに目を向ける。

「教えればいいんじゃないの？」

実にあっさりとした回答。

少し迷ったものの、私は答えた。

「ギニシアに後藤さんっていう死霊がいるんですけど」

「ギニシ……へっ、あっ、死霊？」

「あ、でも多分ロイドさんが想像する死霊とは違って理性的で、肉体がない以外は生きている時と何も変わらない感じなんです。人に取り憑く代わりに人形を仮の肉体として使うことで、普通の人のような生活をしたいってことで」

「は、はあ」

「それで等身大の人形を探しに来たんです」

「そう……でしたか」

　ポカンとしているだけで、どんな感情を抱いているのかは読み取れない。

　かと思ったが、次の瞬間には難しい顔をしてアゴに手を当て、何やら深く考えている様子。やっぱり人形の売買に支障が出るだろうかと、私は内心ハラハラする。

　少しでもこちらの事情を知ってもらうために、どうして仮の体が必要かを説明しようとした矢先、ロイドさんは口を開いた。

「ならつまり、死霊のゴトーさんに人形が渡れば、もう一度動くヨシアが見られるってことですよね」

　私は驚きで目を丸くした。

「あ、ええ、はい。人形を動かせるように、後藤さんの練習が上手くいっていれば」

　回答に不満はないらしい。ロイドさんは床に目を向けながら、照れ隠しみたいに今までより少し小さな声で、見たいな、と呟く。

「中身はヨシアじゃないけど、死霊らしいけど、ヨシアがヨシアじゃなくていいから、だって二度と会えないだろうから、その姿が見られるなら引っ越してもいいくらいです」

ロイドさんがそう言い終わったのと、お店の扉が開いたのは同時だった。

この場にいた全員が来客を知らせるドアベルの音につられて目を向ける。

「あ、ロイド、私話がしたくて……」

シアレッサさんだった。店内に足を踏み入れてパタンと扉が閉まると、まだ続くであろう言葉が止まり、その目がロイドさんの後ろに位置するように座っているヨシアに向けられた。

「それ」

一歩一歩、目をきらめかせたシアレッサさんが近づいてくる。ロイドさんは手に持ったままの布をギュッと握りしめ、冷や汗をかいて一歩引いた。

「そうこれ、すっごく良い。この子展示会に出そうよ！」

「ち、違う、この人形は違う……！」

「大きい子だけどとっても綺麗で素晴らしいよ！　ロイド本当にすごい。前髪が少し長いね、お顔をちゃんと……」

人形の前髪を触ろうと伸ばしたシアレッサさんの手首を、ロイドさんはすごい勢いで掴んで止めた。

「ロ、ロイド？　どうしたの？」

決して強い力で握りしめているわけではない。けれど手首を掴むロイドさんの手が震えていた。

「こ、この人形に触らないでくれ、嫌なんだキミに触られるの」

「どう、して？」

ショックを受けたように顔を白くするシアレッサさんと、そんなシアレッサさんと目を合わせられないロイドさんの二人を、私たちは見守ることしかできない。

「今までキミが聞いてくれていたか分からないから、今、もう一度言わせてもらう。もう僕に関わらないでほしい、キミが嫌いなんだ。話を聞いてくれないし、一方的だし、自分の作る人形を否定されているように感じるし、キミの声を聞くだけで具合が悪くなる」

そこでシアレッサさんの手を離して、視界から隠すように人形に布を被せ直した。

「ひっ、ひどいよそんな言い方。なんで？　私ロイドのためにいろいろ……っ」

感情が高ぶって言葉を詰まらせながら、シアレッサさんは自分の気持ちをロイドさんに切々と訴えた。

「今回の展示会だってロイドが大勢の人に高い評価をもらえるチャンスなの！　だから私、展示場の許可を……」

「だから、なんで分かってくれないんだよ！」

ずっと丸まっていた背が、大きな声と共にピンと伸びる。シアレッサさんはずいぶん高いところにあるロイドさんの顔を目を丸くして見上げた。

「それが嫌なんだ！　僕が何か頼んだことが一度でもあった？　僕に関わらないでって、やめてくれって言ったことを全部冗談だとでも思ってた？　僕が楽しそうにしてる顔を見たことがある？」

「え、え？　う、嬉しくなかったの？　ずっと？　ずっと迷惑だったの？」

「そうだよ。迷惑だし、とても嫌だった」

シアレッサさんはじわじわと目に涙を溜め、涙が零れるより先に店を飛び出した。

しばしの沈黙の後、ロイドさんはそっと自分の胸に手を当てたが、まるで自分の心音の確認をしているようだった。

「つ、伝わった、でしょうか」

青ざめていたが、けれどどことなくホッとした表情。

「きっと伝わったと思います。あんなにハッキリ言えたんですから！」

私に続いてリタチスタさんもウンウンと頷く。

「あれだけ言われて平気な顔はしてられないだろう。帰ってキミの言葉を反芻することだろうさ」

「もしそうなら、あなた方のおかげです。勇気を貰えました。あの、人形を無料でお譲りする件、心の準備をするために今日だけ時間をください。明日には必ず正式にお返事しますから」

もとはそんな約束もしていたけれど、しかしながらリタチスタさんは納得いかない様子だった。

「それは構わないんだけれど、本当にいいのかい？　私はシアレッサの説得はできなかった。今、キミは自分の言葉でシアレッサに伝えることができたじゃないか。私たちは何もしていないに等しい。その報酬を受け取るに値するかどうか」

「値します。僕はそう感じています、僕一人では絶対に言えなかったから。もちろんいつかは解決できたのかもしれません。けど今きっかけをくれたのは間違いなくあなた方なんです。目的がどうであれ隣に味方がいるってとっても心強かった。本当にありがとうございます」

「うん。キミがそう思うなら私も安心して頷けるよ」

「はい」

最後はロイドさんの笑顔で締めくくられ、この日は一旦宿に引き上げることとなった。

第二章　ヨシア

翌朝、私たちの部屋にリタチスタさんを誘って一緒に朝食を取るうち、ふとリタチスタさんの予定を思い出す。

「そういえば、昨日は私たちの人形探しを手伝ってくれるってことで一緒にいてくれましたけど、今日からは別行動になるんですよね？　この後すぐに出発するんですか？」

私がそう質問すると、リタチスタさんはフォークに刺したサラダを口に運ぶのを一旦止めて答えた。

「うーん。昨日のこともあるし最後にロイドの顔を見てからにするよ。内容が決まっているとはいえ、どんな返事をくれるのかも気になるしさ」

カルデノは、時折カスミに頼まれたものを小さく切り分ける他は、テーブルに広げた朝食を夢中でパクパク食べ進めていた。

「むしろその後が大変そうだと思うけどねえ」

「え、その後ですか？」

「だってキミら、今度は普通の人と変わらない大きさの人形を運んでギニシアに戻らなきやいけないじゃないか」

　リタチスタさんは面白そうに笑った。

　考えてみればそうだ。

　もちろん人形をそのまま持ち運ぶことはなく箱に入れられたとしても、とても大きなものに変わりない。

「確かに、大変そうですね。私のココルカバンも大きく口が開くわけじゃないし……」

「カルデノに担(かつ)いでもらうか、見合った大きさのココルカバンを新しく探した方がいいかもしれないね」

「おとなしくココルカバンを探すことにします」

　そうして和やかな雰囲気で朝食を終えたあと、私たちはロイドさんのお店へ向かった。早すぎることもない時間だと思っていたが、店に到着したタイミングでロイドさんは外に看板や人形の設置をしている最中だった。

「あ、おはようございます皆さん」

　ロイドさんはペコリと頭を下げた。

「おはようございます。少し早かったでしょうか？」

「いえ。いつもなら問題なかったんですけど、今日はちょっと寝坊してしまって、慌ててお店の準備をしていたところです。あっ、どうぞ中に」

照れ笑いして寝坊の失敗を誤魔化しつつ、ロイドさんは私たちを店の中へと誘導してくれた。

昨日作業台にあった壊れた人形はすでになく、道具類も綺麗に片付けられている。ひょっとして修理に時間を使いすぎた故の寝坊だったのだろうか。

「それで、お譲りする人形についてですけど、昨日考えてて。どの人形を譲るか僕が決めてもいいでしょうか」

「ああ、構わないよ。こちらも人形の指定はしてなかったからね」

そう言いつつ、リタチスタさんの目は布を被せられた人形に向けられていた。

決して売り物としての扱いをされておらず、けれどこのお店で一番目を惹かれたヨシアの人形。

「はい。でしたらぜひ、昨日お見せしたヨシアの人形を、と思っています」

全員で、昨日見た店の奥へ進む。

「まさか誰かの手に渡るなんて考えたこともなかったんですけど、どうしても僕はヨシアの動いている姿を見たくて。昨日言っていた、ええと、ゴトーさんには失礼な理由でしょうけど」

「そんなことありませんよ。私はあの人形がこのお店で、一番いいなあって思ってたくらいですし」

「ありがとうございます」

私は本気でそう思っていて、ロイドさんも嬉しそうに笑顔を見せた。

そしてロイドさんの手が、被せられた布に伸ばされる。

布の下から顔を出したのは、ヨシアの人形。

「……あれ？」

けれど、昨日見た姿とは雰囲気が違った。着ている服も似てはいたけれど違う。別の人形が顔を出したのだった。

疑問が頭に浮かぶ中、それ以上に混乱していたのはロイドさんだった。

「え、え、違う。違う人形だ！　ど、どうして？　これは別の場所に置いていた……」

ロイドさんは布を放り出してお店の中をグルグル回ってヨシアの人形を探したけれど、本人が動かしていないのにどこかへ移っているわけもない。

「ロ、ロイドさん一旦落ち着きましょう」

「落ち着いてなんて……！」

あ、と思いついたようにロイドさんは声を漏らした。

「ま、まさか、シアレッサが」

言い終わるや否やロイドさんは店を飛び出し、私たちも慌てて後を追った。

しかしヘロヘロとした走りはすぐに減速して、お店から百メートルも進むとすっかり足が止まってしまった。

カルデノは呆気なく追いついてしまったロイドさんに同情的な視線を送りつつ、念のため、とロイドさんの両肩を控えめに、手を添えるように捕まえた。

「は、放してくださ、シアレッサが、きっと、はあ、はあ」

ロイドさんはどうも、シアレッサさんが勝手に人形を持ち出したと思い込んでいるようで、でも私たちはさすがにそれには同意できなかった。

「そうと決まったわけじゃないですから」

「でも、でも……」

ロイドさんはシアレッサさんに確認しないと気が済まないらしく、私たちはシアレッサさんのお店へ同行した。

シアレッサさんはお店にいて、お店の扉を少々乱暴に開けたロイドさんの顔を見ると、思い切り下を向いて目をそらした。

「お、おはよう、ロイド。き、昨日は……」

「キミ、僕の人形を持ち出したりした⁉」

「え⁉」

下を向いていたシアレッサさんは、今度は勢いよく顔を上げた。身に覚えのない容疑に慌てたのだろう。

「昨日キミが展示会に出そうって言ったあの人形だ！」

「もっ、持ち出してないよ」

「今朝見たら、別の人形と入れ替えられてて、どこにもないから！」

「落ち着いてよ！　本当に私はロイドの人形に触ってもいない！」

ロイドさんに負けない声量でシアレッサさんが答えると、二人の間に一瞬沈黙が生まれた。

「……じゃあ、昨日、あれっきり僕の店にも来てないの？」

「行ってない。ロイドに言われたこと、ちゃんと考えたから」

シアレッサさんは昨日までと明らかに態度が違った。

自分の言いたいことばかりでなく言葉を選んでいるようで、ゆっくりとした口調だった。

「私、信用ないと思うけど、でも作家が魂を込めて作った人形を持ち出すようなこと絶対にしないわ。お店の隅々、家だって調べてもらって構わないから」

「え、あ、いや」

するとみるみるうちにロイドさんは身を縮めた。

「ご、ごめん。疑ってごめんなさい」

「いいの。今まで私の方こそごめんなさい」

「……うん」

シアレッサさんは、何か言いたそうに指で口元を揉んでいたけれど、グッと堪えたように口を固く結んだ。

「私はこれから展示会に向けて準備があるから手伝うことはできないけど、人形が無事にみつかるといいわね」

「あ、りがとう」

おずおずと、けれど素直にロイドさんはお礼を口にした。

お店を出て、歩きながらロイドさんに何か心当たりはないかとリタチスタさんが質問をした。

「心当たりといっても。誰も見てないし、物音もしなかったし、盗むまでして人形を欲しがるなんて……」

ピタリとロイドさんの足が止まる。

それに合わせて私たちも止まったのだが、リタチスタさんはアゴに手を当てて何やら考えているようだった。

「あの、昨日一組だけ来ていたお客様なんですけど、ほら、皆さんが一緒に破片を拾ってくれた人形を引き取りに来た」

「ああ。何か揉めていたようだったし、キミもそう思う部分があったってことだよね？

私からしても怪しいなと考えていたところだよ」

リタチスタさんに言われて、ロイドさんはコクコクと頷く。

「昨日のあのお客様は約束の金額を用意できなかったので、人形の引き渡しをお断りしたんです」

引き取り期日の昨日、約束の金額には足りない額を渡してきて、それを数えている間に馬車へ運び込もうとしたが、明らかに少ない金額に気づいたロイドさんが必死に引き留めていたのだそうだ。

後で残りを渡す、分割にするなどと言われたが、最初の契約で一括と言ったのは客の方で、人形を引き渡してから分割払いを受け入れるわけにはいかなかった。

それで私たちが目撃したようにもみ合いになり、そのせいであの人形は壊れてしまった。壊れた人形なんかいらないと怒った客は結局支払いもせず去った。

その客が私たちのように人形を欲しているとしたら、盗みに踏み切った可能性がないとは言い切れない。

「なら盗んだ疑いのあるそいつらを探す必要があるだろう。いつ盗まれたのかが問題だな。もうこの街にいない可能性もあるぞ」

カルデノがそう言うと、ロイドさんはオロオロと、自分に何ができるかも分からず右往左往した。

「オロオロするな。お前だけがその客の情報を持ってるんだ。会話や持ち物から何か思い出せないのか？」

「そ、そう言われましても……」

カルデノはさらに具体的なことを提示する。

「例えば……、馬車に特徴があったとか、どこから来たか世間話をしたとか、名前や名簿とか、いろいろあるだろう」

「そっ、そうですね」

ウンウンと頭を捻って［ひね］ロイドさんはぶつぶつ呟く［つぶや］。

馬車にはおかしなところもなく、客の名簿は店にあるが本名とは限らない。けれどどこから来たかについては、客同士の会話が聞こえたという。

「確か、最初の来店でトタリティにはこんなに人形の店はないって、そんな会話があったのを覚えてます」

「トタリティ？　ここから東に行った街か？」

ギニシアから来た私たちには土地勘はないが、リタチスタさんは知っているようだ。

「ここより四つくらい東の街です」

「………」

「お、お願いします助けてください」

ロイドさんは、リタチスタさんが思案する姿が自分を見放すように思えたらしく、胸の前で手を握り合わせて縋るように頼み込んだ。

「他の人形なら諦めもつくでしょう。でもあの人形だけはどうしても取り返してほしいんです」

ロイドさんがあのヨシアの人形にどんな思いを抱いているかを知っているし、私たちは昨日知り合ったばかりではあるものの、同情心もあった。

「私はそもそも最初の目的地はトタリティだったんだ。だから私は構わないけど、二人はどうだい？」

リタチスタさんが問うてきた。もちろん私とカルデノは揃って頷く。断るなんて考えてもいなかった。

「出発は早い方がいいですよね？」

「もちろん。荷物を纏めてすぐに立とう」

その街は、ロイドさんの話ではベイスクイットから四つほど離れているということで、私たちは相当な移動時間を覚悟した。

でも、リタチスタさんはいつもと違いかなりの速度で荷台を飛ばしたようで、小さな山と平原を超えた先のトタリティには、ものの数時間で到着した。

宿の近くの空き地の使用許可を得たリタチスタさんは荷台を移動して、やっと地面に降り立った。私たちはスピードを出す荷台の中でお手玉みたいにコロコロ転がりそうになる体をただ静かに座らせておくだけでも体力を使い、ドッと疲れが押し寄せてきた。

元々リタチスタさんはここに転移魔法の設計書を探しに来るのが目的であったが、私たちがトタリティに着いて最初に何をするかといえば、もちろん人探し。

とはいえ初めて来る土地で、例え人形を盗んだ疑いのある男の顔を覚えていたとしても、どうやって探せばいいか分からない状態だ。

人形探しに時間がかかることを承知で宿に荷物を運んだ私とカルデノの部屋に、リタチスタさんがやって来た。

「ちょっといいかい？」

どうやら部屋の中でゆっくり座ってお喋り(しゃべ)ということではないらしく、扉の横に立ったまま話を始めた。

「前に言った通り、本来この街が私の最初の目的地だったわけなんだけど、今は人形探しも目的に追加されている」

「そうですね。リタチスタさんにとって想定外とは思いますけど、でも私とカルデノだけでどうやって人形を探せばいいのか、分からなくて」

「それは私もそうさ。だから先に私の用事を済ませたいんだ。転移魔法の設計書がありそうな場所に所在の確認に行くだけだから、少し待っていてくれるかい？　今から済ませて来るから」

「そんなちょっと見てくるだけみたいに済んでしまうものなんですか？」

ちょっとそこまでお買い物に、みたいな軽いノリで、リタチスタさんは本当に行ってしまった。

待っていてくれと言われれば、闇雲に動く必要もない。私たちはリタチスタさんの帰りを待った。

二時間も待っただろうか、まだ日が沈み切らない時間になって、リタチスタさんは再度私たちの部屋を訪ねて来た。

「や」

リタチスタさんは部屋に入ってきて、中のベッドに腰かけた。

「ちょっと、驚くことがあってね」

と、静かな声でさっそく話し始めた。

「驚くこと？」

「そう。実は私が行ったのはなんというかまあ、日陰者が違法な依頼の取り引きをするような工房なんだけど、そこにロイドの人形があったんだよ」

「え⁉　見つかったんですか⁉」

これからどうやって探そうかと頭を悩ませるばかりだったところに、リタチスタさんの報告は嬉しいものだった。

けれどリタチスタさんは人形を抱えてはいない。もう取り返せたも同然と思ってしまったが、本当に取り返すのはこれからのようだ。

「えっと、取り返せます、よね？」

「うん、まあね」

手ぶらで戻ってきたのには理由があるようだった。

「気になることを聞いたものだから、すぐに手を出せなくて」

リタチスタさんはその日陰者の営む工房に、後ろめたい依頼を持ってきた客を装って足を踏み入れたのだそうだ。

カウンターで仕切られた向こうにロイドの人形があって驚いたものの、適当に数枚作っておいた隠匿書を渡して仕事の話を少ししたあと、世間話の一環として、こんな隠匿書の解除なんて仕事だけで食っていけるものか、と聞いた。

「そうしたら、隠匿書の解除依頼は一年ぶりで、珍しいことに私がそのとき持ち込んだ依頼でちょうど二件重なった、と言うんだ」

「じゃあ、もう一件の解除依頼の方がリタチスタさんとバロウが作った転移魔法の設計書なんでしょうか？」

「可能性はある。で、人形についても聞き出せるかと思ったけど詳しいことは何も話さなかった。しつこく聞き出そうとして怪しまれるのはまずいんで、そこで引き上げてきたってわけ」

　それで、と、リタチスタさんは崩していた両足をそろえて、私とカルデノの顔を見比べるようにして言った。

「カエデ、自白剤は作れるかい？」

「自白剤……、はい。確か前に作ったことがあるので」

　確かオキオシールという名前の大きな花が原料だった。

「よし、なら急で悪いけど、今から材料を探しに行くよ。どんな依頼で人形があの工房にあったか分からないけれど、急がないと今度こそ誰かの手に渡って見つからなくなる」

　私は立ち上がって部屋を出ようとするリタチスタさんを、慌てて呼び止めた。

「でっ、でもオキオシールなんてその辺に売ってたり生えてたりするんですか!?」

　リタチスタさんは人差し指をピンと立てて答えた。

「オキオシールならちょっと怪しい薬草屋に必ず売ってるよ。手軽に味わえる酩酊(めいてい)と幸せな幻の虜(とりこ)になる連中は世界中にわんさといるからさ」

「怪しい薬草屋……」

　呟(つぶや)いたカルデノは嫌そうに顔をしかめた。

「そもそも薬屋の店内は独特な臭いで苦手なんだが……」

そのうえ怪しい薬と聞けば、カルデノのしかめっ面も共感できる。

そんなカルデノに何も言わず、さあさあとリタチスタさんは私たちを急かし、暗くなりつつある街へ繰り出した。

一旦外へ出てしまえば諦めがついたのか、カルデノから足取りの重さは感じられない。むしろキョロキョロと知らない街を楽しんでいるようにも見えた。

「それで、来たこともない街でその怪しい薬草屋というのをどうやって探すんだ？」

「怪しいって言ったってオキオシールは販売を禁止されてるわけじゃない。ただ取り扱ってる店は敬遠されるだけさ」

「店としては成り立たないな」

「そうならないために店の奥に隠しておくんだよ。客に言われた時にだけ出す。だから客は看板を見ただけでちょっと怪しい商品を置いてる店かどうか見分けたいわけで、もちろん店もそっちの怪しい薬で利益を出したい」

言いながらリタチスタさんは道の途中で立ち止まって、たまたま見つけた一件の薬草屋を指さした。

「ほら見てごらん」

リタチスタさんが指す先の薬草屋は、扉に花輪をかけている。青や緑、白と、色とりどりの花とさまざまな形の葉が綺麗に並び、扉の幅いっぱいの輪を作っていて、近づくや否やリタチスタさんはその花輪の中の赤い葉を一枚、人指し指ですくうように持ち上げた。

「薬草屋が看板にする花輪は、その店の趣味で種類が決まってるんだ。店主が育ててる花で作ってるとか、仕入れている薬草で作ってるとか」

生の花や薬草で花輪を作るのは、新鮮なものを仕入れていることや保存技術に優れていることをアピールするために始まったらしい。

「けど、オキオシールとか敬遠されがちなものを置いてる店は、どこも決まってこのカグレンって植物を使ってるんだ」

指ですくって持ち上げられたその赤い葉は、見た目は肉厚で、ふちが魚の歯みたいに細かくギザギザしている。根本は青く、先端に行くほど真っ赤な色をしているので、少々毒々しい。

「え、あ、じゃあこのお店は、オキオシールを扱ってるってことですか?」

「そういうこと。じゃあ行こうか」

リタチスタさんは臆することなく花輪のかかった扉を引いた。

そしてカウンターへ直行して、人のよさそうな笑顔ですぐに言った。

「オキオシールをできれば三十欲しい」

店員の驚いた表情から察するに、きっと私たち全員オキオシールマニアだと思われたに違いない。

朝一番。リタチスタさんは私が作った自白剤の数本を自分の持ち物に加えて、一緒に店へ行こうと言った。

「ロイドさんの人形が持ち込まれていた工房ですよね。私たちも一緒に行って大丈夫なんでしょうか、勘ぐられたりしませんか？」

「ああ、大丈夫だよ。勘ぐる暇なんて与えないから」

「暇を与えない……？」

何か良い話術や話題でも思いついたのだろうかと思っていたのだが、勘違いだと分かったのは工房についてすぐのことだった。

「やあ、昨日はどうも」

リタチスタさんは工房の扉を開けてすぐ、にこやかに挨拶をした。

店主の男性はカウンターの椅子に座って何か作業をしていたようで、顔を上げてリタチスタさんだけでなく後ろに私とカルデノがいるのを不思議そうに見てから、近寄って来たリタチスタさんを迷惑そうに見上げた。

「ああ、え、いやこんな早く来られてもまだ依頼の物は手を付けても……」

喋(しゃべ)っている途中の男性の口に、リタチスタさんは叩(たた)きつけるように自白剤のビンの口を押し当てた。

　ガチンと鳴ったのは前歯にビンが当たった音だろうか、リタチスタさんがカウンターを乗り越えて男性を床に押し倒して押さえつけると、ジタバタ暴れていた男性はやがてクタリと力をなくし、目が据わった。

「あえ、お？」

　グラグラと左右に頭が揺れている。それを確認して、リタチスタさんは最初の質問を口にした。

「そこにある人形にはもう、何か魔法を施したりしたかい？」

「いいや、まだなにも」

　少しばかり呂律(ろれつ)の回らない口調だが、自白剤によって朦朧(もうろう)とした意識の中から素直な答えが返ってくる。

「解除依頼のあったもう一件の隠匿書はどこにある？」

「後ろのつくえの、引き出し。あ、下から二段目の」

　カルデノもヒョイとカウンターを乗り越え、店主の言う机を調べると、引き出しの中から紙の束が出てきた。

「あった。これだな」

「何枚あるか数えてもらえるかい？」

言われた通り、カルデノは手にした転移魔法の設計書の枚数を数える。

「二十枚だな」

「少ないなあ。他にもどこかに隠したりしてないだろうね？」

リタチスタさんが男性にそう聞くと、小さく呻いて、また素直に答える。

「ほんとは四十枚の依頼だったけど、おれは解除ってにがてだし、時間かかるから他のやつに半分任せてるんだよお」

つまりあと二十枚がどこかに渡ってしまっている。リタチスタさんにも焦りがあるのか、眉間にしわが寄る。

「どこに任せた？　場所は？」

「ベイスクイットの、ほら、いわくつきの工房」

いわくつきの？　そう思って私たち全員が首を傾げる中、さらに男性は続ける。

「死んだ自分の子供の魂を人形に呼び寄せて、魔物を作っちまったって話があるだろ、ベイスクイットって。それでぇ、その人形作家が住んでた工房が今はいわくつきの場所ってことでいわくつきが好きな中じゃあちょっとした有名スポットなんだよ。だからこの人形がベイスクイットから持って来られたって聞いてちょっと気味悪ぃなあと思ってたんだよなあ、あはは〜」

何が面白いのかケタケタ笑って、酔っ払いみたいだ。

「なんだこいつ。お喋りなヤツだな」

男性があんまりペラペラ話すものだから、カルデノも若干呆れ気味だった。

「なんにせよいい情報を聞けた。あとはその工房がどこにあるかだ」

「工房はぁ、う〜んと……」

工房の詳細な場所や、表向きは本屋を経営していることなど、必要なことを聞き終えると、私たちはロイドさんの人形と設計書を回収してベイスクイットへ戻った。


翌朝、まずは見つけた人形をロイドさんに返すため、急いでロイドさんのお店に向かった。

喜ぶ顔を想像しながら、ロイドさんがいるかどうかも確かめず店の扉を開けて、私は大きな声で報告した。

「ロイドさん、人形見つかりましたよ！」

店内に恐らく一人でいるとばかり思っていたが、ロイドさんだけでなく、シアレッサさんもいて、どうやら二人で話をしているようだった。

「あ、あっ！　ヨシア！」

ロイドさんは涙で目を潤ませながら駆け寄ってきて、カルデノが抱えていた人形を大事そうにソッと受け取った。

「ほっ、ほんとにありがとうございます！　ありがとうございます、良かった、傷、ないかな、大丈夫かな？」

ロイドさんは重たいヨシアの人形をヨイショヨイショと椅子まで運び、座らせてからあちこち確認して、それからようやく胸を撫で下ろした。

「で、キミはなぜここに？」

リタチスタさんは、私たちが来てから一言も発していなかったシアレッサさんに軽い調子でそう問いかけた。もうロイドさんには関わらないとばかり思っていたし、リタチスタさんの疑問はもっともだった。

「関わらない方がいいとは思ったんですけど、でも、やっぱりロイドにはちゃんと、どうしてスタンダードな人形を作ってほしかったのかを聞いてもらいたくて」

「なるほどね」

多少汚れてしまっていたのだろう、人形を布で拭いていたロイドさんが私たちの会話を聞いてこちらへ戻ってきた。

「あの、僕が店に入ることを受け入れたんです。その、どうしてベイスクイットでは等身大の人形が受け入れられないのかを教えてくれたので、もっと詳しいことが知りたくて、いろいろ話してました」

シアレッサさんはロイドさんに拒絶されたことで心の底から反省したのだろう、自分が言葉を発するタイミングをしっかり測っていた。

「昔、ベイスクイットではそれなりに等身大の人形が出回っていたの。それでも公然の秘密というか、表立って作っていた人はいなかった。でも一人の人形作家が、亡くした自分の子供そっくりの人形を作って、そこに魂を入れられれば子供が帰ってくるって願って、でも実際は魔物を作り出してしまったらしくて。それからベイスクイットでは等身大の人形は恐怖の対象のようになってしまったの。今ではそんな印象も薄れているけどやっぱり受け入れる人は少ないのよ」

シアレッサさんが話した内容は、ちょうどトタリティの工房で男性から聞いた話と同じものだった。

「だから、ロイドも等身大の人形を作り続けているから、何か良からぬことが起きるんじゃないかって私が勝手に思い込んでしまって。あっ、でもロイドの人形が素晴らしいって思ってるのは本当なの！」

シアレッサさんは慌てた様子でロイドさんに向かって弁解したが、ロイドさんは気にしなくていい、とゆるく首を横に振った。

「ただ、ベイスクイットでは喜ばれない人形でも、欲しいと思ってくれる人はいるし、やっぱり僕は今のまま等身大の人形を作り続けたいと思ってる。だからそれに関してはもう何も言わないでほしいんだ」

「……うん」

この二人は、あのまま関係が完全に断たれるものとばかり思っていたけれど、ロイドさんの素直な気持ちと、シアレッサさんがロイドさんの説得を続けた理由をそれぞれが知ったためだろう、好転する兆しが見えていた。

「リタチスタさんが等身大の人形を見たって言ってたのは、今の話に出てきた事件が起きる前だったんですかね？」

ふと気になって聞いてみた。確かリタチスタさんが昔ベイスクイットに来て等身大の人形を見たのは、二十年より前のことだと言っていた。

「そういうことになるんだろうね」

「ええっ」

その言葉に驚いたのはシアレッサさんだけだった。口を手で覆ったかと思ったら、恐る恐るリタチスタさんに小さな声で尋ねる。

「お、おいくつ、ですか？」

「ん……？　ああ、私はこう見えて長寿な種族なんだ。そう驚かないでもらえると助かるんだけれど」

「あっ、ご、ごめんなさい失礼しました！　そうですよね。だって話の事件は四十年近くも前のことですし」

どうやら若いはずのリタチスタさんが四十年も前のベイスクイットに来ていたことに驚愕したらしく、それに気が付いたリタチスタさんが種族的な問題であると告げれば、シアレッサさんは納得したようだ。

むしろ納得していないのはリタチスタさんで、アゴに手を当てながら首を傾げる。

「あれ、そんなに前だったかな。んん、記憶違いか……」

長く生きていれば記憶違いもあるだろう、まして、リタチスタさんはいろいろなところを旅した人だし、なおのこと。

「まあ、だけど、この街に魔力溜まりがあるっていうなら、その人形が魔物になったって話も理解できるよ。死霊が人の体を欲して取り憑いたってこともあり得ないとは言い切れないから」

「魔力、溜まり？」

ロイドさんとシアレッサさんは揃って首を傾げた。

二人はそもそも魔力溜まりという言葉を知らず、リタチスタさんは簡単な説明を加える。

「簡単に言うとたくさんの魔力が溜まってしまう場所のことだよ。一か所に長く留まることで通常ではあり得ない濃度になる魔力に反応して、例えば木が動くとか、生き物が狂暴化するとか、そんな可能性が生じる場所なんだ。人の魂も濃度の高い魔力に触れると死霊になってしまうことだってある」

「え……。じゃあ、やっぱりあの場所って変なんだ……」

「変？　どの場所がだい？」

シアレッサさんは怯えた様子で自分の腕をさすり、当時人形を魔物に変えてしまった作家が住んでいた家のことだと答えた。

「死霊がいるだなんて恐ろしい」

「怯えるのは勝手だけど必ずしも何かが住み着いてるって話じゃない。誤った知識を広げないようにね」

リタチスタさんが少し真剣な様子でシアレッサさんを諌めると、小さな声でごめんなさいと謝るのが聞こえた。

「ところでその作家が住んでた家って、どこか知ってるかい？」

「え、ええはい。知ってる人は知ってるって感じですし」

ロイドさんは知らなかったようだが、シアレッサさんは当時人形を魔物に変えてしまった人形作家が住んでいた場所を、スラスラと教えてくれた。

そしてそれは、トタリティで自白剤を飲ませた男性から聞き出した工房の場所と一致したのだった。

私たち三人は無言で顔を見合わせる。

「用事があるので、私たちはここで失礼する」

「待ってください！」

私たちが足を動かすより先にロイドさんに呼び止められ、視線がロイドさんに集まる。

「人形をお渡しすると約束していたじゃないですか。どうしたら？」

「すまないけど、今すぐ人形をどうこうできる状態じゃなくなってしまったんだ」

「そ、それじゃあ、受け取っては、くれないんですか？」

ロイドさんはお礼の気持ちを強く持っているのはもちろんだろうが、それよりも自分の作ったヨシアの人形が一人で動いてくれる姿を想像して、だからこそヨシアの人形を譲ると言ってくれたのだ。

それを断られたのかと、一瞬顔色を悪くする。

「なにも受け取らないって話じゃない。ただ、今すぐは引き取れない。こちらの問題が解決するまで、その人形を私たちのために保管していてほしいんだ。素晴らしい人形だからね、受け取らないとは絶対に言わない」

「そ、そうでしたか」

あからさまにホッとして自分の胸に手を当てたロイドさん。

「では、あなた方が受け取りに戻られるまでしっかりと保管しておきますので、お任せください」

「ああ、任せよう」

リタチスタさんは一足先にお店から出て、私も一度お辞儀をしてリタチスタさんの後を追う。

「また盗まれるなよ」

カルデノはそれだけ言って、すぐに追いついた。

ゆっくりと歩く時間も惜しいのか、リタチスタさんはほとんど走るような速足のまま、私たちに説明を始めた。

「今からベイスクイットの違法な依頼を引き受けている工房へ向かう。自白剤を使ってまで聞き出した情報だから間違いはないだろう」

ただ、と懸念があるのか、口ごもる。

「この街にも工房があるだなんて私は知らなかった。知らない下請けの工房に設計書が散らばってしまったら、探しようがない」

「じゃあ、バロウやコニーさんたちはもしかしたら気が付かないまま目的地を移動してしまうかもしれませんよね……」

「そう」

リタチスタさんはきっぱりと頷(うなず)いた。

時間をかけすぎれば隠匿書の解除が進んでしまう。だから迅速(じんそく)な対応が必要になると言う。

「私は私で回らなきゃならない工房があるし、このことをバロウとコニーたちに伝える役目をキミたちに担ってほしいんだ」

「だから人形はすぐに受け取れないと言ったんだな」

カルデノの言葉に、リタチスタさんは申し訳なさそうに頷く。

「ああ。本当ならキミたちは、人形さえ手に入ればギニシアに戻ってくれても構わないはずだったんだけど。ままならないね」

「仕方ないですよ。せっかくメナエベットにまで来たんですし、少しでも役に立てるならその方がいいです」

「ありがとう。そう言ってもらえると助かるよ。とにかく今は工房に残る二十枚の設計書の回収だ」

「はい」

話にあった工房は到着してみれば、大きいが普通の家に見えた。

表向きは本屋と聞いていたがどこかに看板が出ているわけでもない。半地下へ向かう扉と一階へ向かう階段が並んだ場所があって、半地下への扉に小さなプレートがかかっているだけだ。

「『街の本屋さん』。ずいぶん可愛らしい名前だな」

カルデノがプレートの文字を読み上げた。

不気味な雰囲気があるわけではない。

むしろ可愛らしい街の景観を崩さないようにという配慮か、一等地ではないものの扉の細工や窓の格子は凝っているし、雑草が生えているとか目に付く汚れがあるとかでもない。建物や周辺は手入れが行き届いているようだ。

「入ろうか」

プレートのかかった扉をリタチスタさんが押す。

店内は本屋らしく本棚が並んでいて、中央に通路が一本、まっすぐに店主のいるカウンターまで続いている。

「いらっしゃいませー」

中年男性の店主はカウンター横の椅子に座ったまま、軽く挨拶した。

リタチスタさんはニコリと笑顔を見せて通路を進む。

私たちも変に態度に出ないように気を付けながら、リタチスタさんの後に続く。

「こんにちは」

「この街の人じゃなさそうだね」

「おや、よく分かったね」

「まあね。どうやってこの店を知ったのか興味あるなあ」

これは世間話なのか、それとも探られているのか。自分で表情が硬くなるのを感じたので、誤魔化すように唇をすぼめた。

「実は等身大の人形が欲しくてこの街に来たんだけれど、その辺でこの店のことを聞いたんだ。正確にはこの店じゃなくて、ここが呪われた場所だってね。それで観光がてら来てみたら店があるんだ、入ってみたくもなるだろう？」

「ああ～。お客さん方も？　たまにいるんだよねえ」

どうやら警戒を解くに値する内容だったようで、椅子の背もたれに体重をかけた。

「昔いろいろあったのは本当らしいけど、残念ながら別に変なことや不思議なものに遭遇したことなんてないよ」

「なあんだ一つもなかったって言うのかい？　本当に残念。私たちはそういうのを聞くのが結構好きなんだけれどねえ」

リタチスタさんは大げさに肩をすくめて、期待外れな様子を演じた。

店主はそれを見て軽い調子で笑った。

「あ、けどこんないわくつきの場所に実際住んでるなら、ちょっとたずねたいことがあってね」

「ああ、なに？」

リタチスタさんは自分の腰のポーチを開けて、ゴソゴソと何かを探し出した。

「あ、これこれ、ちょっと見てほしいんだ」

「うん？」

と、店主が身を乗り出した瞬間、リタチスタさんはポーチから勢い良く手を引き抜き、そのままの勢いで店主の口に自白剤のビンをねじ込んだ。

「オゴァ」

店主の頭が下がらないように頭部に手を回し、口にねじ込んだビンが抜けないように押し付けたまま無理矢理顎を上げさせる。

気管に入ってしまったのかむせていたものの、暴れたとてリタチスタさんは力を緩めず店主を押さえつけ、やがてその両腕がダラリと下がる。

「リタチスタお前、無理やり物を飲ませることに妙に慣れてるな」

「妙だなんて。まあいい、効き目が切れる前にさっさと必要なことを聞き出さないと」

ちょっと口を尖らせてカルデノに軽い抗議をしたものの、すぐに床に倒れた店主を見下ろした。

「聞こえるかい？」

「うーん、聞こえてる」

目はぼんやりと半開き。口にも閉まりがなく、自白剤がそれほど強力なのだと改めて思い知らされる。

「この依頼はトタリティの工房から？」

「トタリティの……ああそうだ。昔からの仲で、たまに手が回らない依頼があるとこうして任されるんだ」

「依頼の隠匿書は二十枚で合ってるかい？」

「合ってる……。報酬が高いからって引き受けたけど、全然解除が進まなくて焦ってるんだよなあ」

解除が進まない。つまりリタチスタさんとバロウの作った隠匿書は厳重で、まだ一枚だって中身が知られていない。ホッとする。

「ここから別の場所へさらに解除依頼を出したってことはない？」

枚数的に見てもその可能性はないものの、念のために質問すると、店主は否定した。

「これ以上どっかに出したら俺の利益が少なくなるから出してないよ」

「そう。じゃあその依頼のあった隠匿書はどこ？」

「ええっとお、そこの机の上。あんま客来ないから、今やっちゃおうと思ったらあんたらが来たんだよ」

フラフラの腕を持ち上げて指した先は、たった今まで店主が座っていたカウンターの隅っこ。綺麗(きれい)に重なった紙の束があって、リタチスタさんは店主を跨(また)いでそれらの前に移動する。

手に取った白紙の束。

枚数は二十枚。

その中の一枚の陣を展開して大きく頷く様子を見るに、間違いないようだ。

「他にも隠匿書の解除依頼が来てたりするかい？」

リタチスタさんは再度店主に問いかける。

「今はもう一件だけ」

「場所は？」

伝えられた場所には確かに隠匿書が入っていて、リタチスタさんが次々に陣を展開させて確認する。

「あれ、なんか陣が少ないですね」

私の目から見ても、何重にもなっているはずの陣の数が少なく、中を泳いでいる不思議な文字も少ない。なんだかリタチスタさんたちの隠匿書とは印象が違う。

「これはほとんど解除手前までされているね。それに私とバロウが作ったものでもないようだ」

「陣を見るだけで分かるものですか？」

「私やバロウのとなんか違うなあ～って、思わない？」

リタチスタさんはちゃかすように言った。まさに私が思ったことだったため、思わず素直に頷いた。

「やっぱり作る人によって癖があるのさ。とにかく見付かってよかった。これで本来トタリティにあった分は回収できたってことだね」

「そうですね。これでもう四十枚も集まったってことだから……」

あと何枚だろう、と考えたところで、そういえば元の枚数はリタチスタさんとバロウしか知らないんじゃないかと思い至る。

「そういえば、元は何枚あったんですか？」

「そうだね。……設計書は全部で百二十枚あるんだよ」

リタチスタさんは苦々しい表情でへの字に口を曲げた。

「百二十枚……」

百二十枚のうち四十枚。一気に三分の一も集まったではないかと一瞬喜びがこみ上げた。けれど同時に、まだ三分の一ではないか、と素直に喜べない真逆の感情が、湧き起こってしまう。

「まあとにかく、ここは用済みかな」

リタチスタさんは別の依頼の隠匿書をもとの場所に戻してから店内をキョロキョロと見回して、未練なさげに自分たちの設計書を持って出口に向かう。

「じゃ、行こうか」

床で力なく蠢(うごめ)く店主を放置して、私たちは店を出た。

少し一緒に歩いてから、どこへ向かっているのかも分からないままであることに気が付き、リタチスタさんにたずねる。

「この後はどこへ向かうんですか？」

「とりあえず私の荷台へ。すぐにベイスクイットを出ようかと思ってる。宿を取ってるわけでもないし、何よりも急いだ方がいいと思うんだ」

もちろんこれまでだってノンビリやってきたわけじゃない。

でも、こんなベイスクイットにまでこうして転移魔法の設計書が回っていることを知った今、リタチスタさんはちゃんと回収できているかどうか自信がないと言う。

「隠匿書の解除依頼を受けそうな場所にいくつか心当たりこそあれ、それだけじゃ済まない事態だ。私はすでに知ることができたけど、バロウとコニーたちは違う。きっと当初の予定通りいくつかの決まった工房だけに向かうだろうから」

それでは回収漏れになる可能性が高い。

「だからカエデとカルデノは自白剤を渡しがてら、バロウとコニーたちに今回のことを伝えてほしいんだ」

ロイドさんの店から比較的近い場所に置いてあった荷台への道すがら、いくつかの地図を購入し、荷台へ乗り込んですぐに動き出す。

その行動の早さから、余裕のなさが窺えた。

リタチスタさんは荷台の床に購入したばかりの地図を広げると、手にペンを持ち、私たちのために口頭での説明を交えながら地図に書き込みを始めた。

「まず向かってほしいのはコニーたちの方だ。ギニシアからメナエベットまでの道中が一番長いのはバロウで、その次にコニーたちだ。私たちが最初にベイスクイットへ来てから三日。もうメナエベットに到着する頃だ」

ペン先でコツコツと叩かれたのは、メナエベットの西あたり。私たちはギニシアの王都からリタチスタさんの荷台で、ほとんど一直線に北西の関所から入ったけれど、コニーさんたちとバロウはメナエベットまでの道中で聞き込みや調査をしながらの移動となるため、遅れると言っていた。だからリタチスタさんは一人でその分多くの場所を調べ回らなければならない。

「なのでこの先の街でキミたちを降ろすから、先にコニーたちを探してほしい」

いくつかの街を丸で囲み、線で繋げる。それがコニーさんたちの辿るルートのようだ。

「カエデたちから向かってコニーたちと合流するにしても、まだメナエベットに入ってそう経っていないはずだから、必ず見つけて。あと、探すためのアドバイスができるとするなら、コニーは絶対に汚かったり客の少ない宿は使わない」

「あ、なんか分かるかも……」

コニーさんとはあまり親しく話したことはないけれど、言葉や態度の端々から綺麗好きなのが感じられた。

直接聞いたことがなくとも、どことなくそんな人であろうなという雰囲気だけは掴めているのだ。

「ところであの、遠くの人とすぐに連絡を取れる手段ってないんでしょうか？」

私は頭の中に携帯電話を思い浮かべた。携帯電話があればお互いが遠くなる旅でも、すれ違いもなく相談だって簡単にできてしまうのに、魔法が発達しているこの世界にも近い存在はないのだろうか。

「ああ、それは便利な考えだね。カエデの世界にどんな道具があったかは知らないけれど、こうして旅をする中でどこにいようと特定の人物に手紙を送るなんて、少なくとも私は知らないなあ」

せいぜい鳥に小さな手紙を運ばせるくらいだろうか、と言う。それも簡単ではないらしいが。

「でもそうだね、何か決まりを作っておけば街の中でお互いを見つけやすくなる」

「決まり？　例えばどんな決まりでしょうか」

「うーん。そうだなあ、宿は必ず駅から一番近いところを使うとかね。そこがどんなボロ宿だとしても」

どんな宿かも分からず宿泊を決めるのはとんだ博打だが、それだと確かにお互いを見つけやすくなる。

リタチスタさんはこの先使う宿はその基準で決めると言うので、何かあって私たちがリタチスタさんに追いついた場合は、そういう宿でリタチスタさんの名前を探せばいい。

逆に言えば私たちもそうする必要があるし、これから会うコニーさんたちやバロウにも同じことを伝えなくてはならない。

ベイスクイットから離れて二つ目の街の近くに、リタチスタさんは私たちを降ろしてくれた。

「地図的にいけばベイスクイットよりこの街の方がコニーたちのいる街への乗り継ぎが少しだけ少ないから、バロウにも伝言を終えたら、地図に記した落ち合うための街へ来てほしい。頼んだよ」

「はい、分かりました」

「カルデノもね」

「ああ」

リタチスタさんは小さく手を振って、そのまますぐに荷台で飛び立った。

「じゃあ、さっそく行こうっか。急がないとね」

「だな」

メナエベットはギニシアほど大きな国ではない。

けれどそれは相対的な話であって、実際に歩いてみればそれはそれは広く、リタチスタさんと違って徒歩以外で自由に動ける移動手段を持たない私たちは、一日また一日と、移動だけで時間を費やしてしまうのだった。

第三章　伝言

　移動を開始して四日目の昼頃、ようやく地図で示された場所へたどり着いた。

　関所から少し進んだ街を選んだため、コニーさんたちがまだ通り過ぎていませんように、と祈ることしかできない。

「だいぶ時間かかっちゃったね。コニーさんたちは、まだこの街を通り過ぎていないといいんだけど……」

　ベイスクイットのように華やかで派手ではないが、古風で厳(おごそ)かな雰囲気のこの街は広い。宿だけでどれほどの数があるだろうか。

「同じ街にいてもすれ違いになる可能性もあるから、迅速(じんそく)にやりたいところだな」

　リタチスタさんに言われたとおり、清潔で人の利用が多い宿を一つ一つ休む暇もなく探すものの、やはり街が広いためコニーさんたちの捜索は難航した。

　一体何軒回っただろうか。二人が宿泊していないか、もしくはしていなかったか、の問いに該当なしの返答をもらい続けた。

「もしかしてまだコニーさんたちはこの街に来ていないのかな」

「その可能性もあるにはあるが……」

カルデノが空を見上げたため、きっと時刻が気になったのだろうと、懐中時計を確認。

「午後四時。これ以上遅くなるようなら、いったん私たちの使う宿を探す必要がありそうだね」

「だな。というか、すぐそこにも宿がある。あそこにするか」

体力的には問題ないのだろうが、さすがにカルデノも疲れた表情を見せていたため、宿に荷物だけでも置くことにしよう、と目に入った宿に宿泊を決めた。

手入れの行き届いた生け垣と柵に囲われた白い壁。人の出入りが多そうなのに泥汚れもない出入口。

「ここも綺麗な宿だね」

「だな」

金の装飾が施された扉の取っ手を引いて中を見ると、誰かとかち合ってしまった。

「あ、すみません……」

「いえこちらこそ、……って、カエデにカルデノ？」

聞き覚えのある声で私たちの名前を呼ばれ、パッと顔を上げる。

「どうしてここにいるの？」

コニーさんだった。

「あっ、いた！」

つい大きな声が出てしまうと、コニーさんはすぐに人差し指を立てて口に添え、シーッとジェスチャーした。

私はハッとして口を閉じる。

「うるさいよ」

「ご、ごめんなさい、つい」

「あれ、どうして二人がここに？」

コニーさんの後ろからラビアルさんもヒョイと顔を出したので、どこかへ行こうとしていた二人には申し訳ないけれど、事情を説明する時間をもらうことにした。

宿の入り口近くのソファとテーブルのセットがいくつか置いてある休憩スペースで、百二十枚の設計書のうち四十枚が見つかったことを話した。

また、全く想定もしていなかったベイスクイットにも、解除依頼のために設計書が渡っていたことや、そのためにこの先の調査は慎重にならざるを得ない、というリタチスタさんからの伝言と、経緯を説明した。

「なるほど、そんなことがね」

コニーさんは眉間を揉んだ。

「確かにこの国に住んでるわけでもない僕らに全ての工房を見つけることはできないし、

自白剤を使うのは良い手だ。今から行く工房のヤツに、他に繋がりのある工房を全て吐かせてしまえばいいんだからね」

「ちょうど今から、心当たりのある工房に行くところだったんですね。お邪魔してすみません」

するとラビアルさんが言う。

「大丈夫ですよ。だってリタチスタさんと行動していた二人が僕らを探しに来たってことは、くだらない要件のはずがないですし、コニーも分かってますから」

やんわりとした笑顔でコニーさんは頷いて同意する。

「だね。今知れて良かったよ。実はここでの回収が一か所目だから」

「それは本当に良かったです」

私は自白剤を十本取り出し、コニーさんに手渡した。

「これ持って行ってください」

「自白剤がないと途方もない話になっちゃったなあ」

コニーさんが自白剤を荷物の袋に入れながら、十本で足りなくなったらどうしよう、と小さな声で言って、細くため息をついた。

「にしても、よく僕らを見つけられたね。ずっと僕らの名前がある宿を探してきたの？この街にいるかどうかも分からないのに」

「……まあ、はい」

「？」

歯切れの悪い私に、不思議そうな視線を送ってくる。

本当に苦労したんですよと言う空気でもないし、むしろ綺麗（きれい）な宿という条件があって絞り込みはかなりできている状態ではあったので、そのままコニーさんたちを捜索する話題は流してしまうことにした。

「とにかく助かる。僕らのところへ来たってことは、これからバロウにも会いに行くってことだよね？」

「はい。今言ったことと同じ説明をしに行きます」

「ならバロウは僕らよりこの国に入るのが遅れてるはずだから、マウタって街に泊まってみたいって言ってる宿があったから、そこに行ってみたらいいよ」

「そっ……」

それはコニーさんが選ぶ宿を探すより簡単だ、と思ったものの、コニーさん本人を目の前にして口にしないようキュッと口を結んだ。

宿の名前を口頭で伝えられた後、コニーさんは私の妙な表情に気づいたらしい。

「え、なにその顔？」

「い、いいえ。なんでも」

「ふうん？」

疑わしそうに、私の顔を見たまま方眉を吊り上げたコニーさんの隣で、ラビアルさんが懐中時計を見て、あっと声を漏らした。

「もし急ぐなら、確かマウタ方面へ向かう今日最後の馬車が出るはずだから、今からならかろうじて間に合うかもしれませんよ」

今から、となると次の街に着く頃には暗くなっているだろう。それに歩き疲れていることもあって正直なところ、今日はもう休みたい。

「う、うーん」

でも休むことより、一刻も早くバロウにリタチスタさんの伝言を届けることが大切。悩んだけれど、コニーさんたちに軽く挨拶をして馬車に乗ることにした。

「あ、もう一つリタチスタさんからの伝言を忘れてました」

「ん？　なに？」

宿を出ようとして、思い出したことを伝える。

「また何か連絡することができたときに、宿を探すのが手間だから、どんなボロであっても駅から一番近い宿を使うように、とのことです」

「……わ、分かったよ」

表情はとてつもなく嫌そうだったけれど、伝えることは伝えた。

「それじゃあ、ありがとうございました」

「こちらこそ。道中気を付けて」

二人に別れを告げて、カルデノと共に馬車の駅へと走る。

「私がカエデを背負おうか。その方が速い」

「えっ」

この街中で、しかも人だって多い。

背負われるなんて恥ずかしい、と断ろうとしたのは一瞬で、それよりも今日最後の馬車に間に合う方が大事だと判断し、立ち止まった。

「お願い！」

「よし」

カルデノが屈（かが）んでくれたタイミングで、飛びつくように背に抱き着く。私の重さなんて感じさせない軽い動きで立ち上がると同時に走り出した。

カルデノが急いでいるからか、道を歩く人々が不思議そうな顔で少しだけ道を空けてくれたおかげで、ドンドンと駅が近づいて来る。

見えてきた駅の前にはすでに馬車が一台止まっていて、ポツポツと人が乗り込んでいる。

「もしかしてあれ、ラビアルさんが言ってた今日最後の馬車かな」

駅に駆け込んで確認すると、どうやら間違いないらしく、かろうじて馬車に乗ることができた。

マウタまでは馬車での移動で、カルデノと楽しくお喋(しゃべ)りしていられたのだが、だんだん話すこともなくなってきた。ただただ流れる景色を眺めるだけの時間が増えてきた頃、途中の街で次の馬車を待つ間に昼食をとることにして、何を食べようかと店を探しながらぶらついていた。

街の中央には、小さいながら公園があった。背の低い鉄格子で仕切られた、手入れの行き届いた青い芝生の広場もある。

これといって子供用の遊具があるわけではないものの、屋台が数台出ていて、中央の小さな噴水の周りには人が集まっていた。

ほんの十人ほどの人だかりだけれど、ただの小さな噴水にそれだけ人が集まれば何かあると思ってしまうのは自然だろう。

「あの噴水に何かあるのかな?」

「寄ってみるか?」

時間はまだ余裕がある。

カルデノの提案に乗って私たちも公園に入って噴水に近づいてみる。人が集まっていたため噴水の前に小さな看板が立てられているのに気が付かなかった。

「妖精の噴水？」

そう書かれていた。

「妖精の力が宿る湧き水で作られた噴水。万病に効くと言い伝えられてきた街の宝……」

途中まで読んで、口を閉じた。

「妖精の水でできてる、わけじゃないよな」

カルデノも違和感を感じたようで、人目を気にしつつ私に言ってきた。

「まあでも、多分これって観光地ってことだよね？　万病に効くって言い切ってるわけでもないし」

「ああ、言われてみれば」

ラティさんも、妖精の水自体に大した力はないと言っていた。

それに周りの観光客たちも本気にして水を持ち帰ろうとする人はいない。

皆私たちのように、ついでに立ち寄ってみただけなのだろう。

「それならもう昼食を食べに行くか？」

食堂に入るのが一番楽なのは分かっているものの、カスミが私たちと一緒に食事をするとなると人目につかない場所でなくてはならないため、持ち帰りに適したものは何だろうとカルデノと相談していたところだったのだ。

「あ、それならそこの屋台で買わない？」

私が指さした先の屋台で、パンにさまざまな具材を挟んだ美味しそうなサンドイッチを売っていた。

そこでそれぞれ好きなものを注文して商品を受け取る時、お店の人から小さなパンフレットのようなものを手渡された。

「あの噴水の言い伝えが書いてありますので、よろしければどうぞー」

「はい、どうも」

どうやら屋台を訪れたお客さん全員に配っているようで、あの噴水は街の大切な観光資源なのだろう。

落ち着いて食べられる場所を探してみれば、賑やかなのは噴水の周辺だけらしい。公園の外を少し歩いてみると、景色を眺めながら休憩できる場所があり、人もほとんどいなかった。

民家からは距離があり、ここなら万が一、人が近づいてきてもカスミなら十分に隠れる余地がある。

「ここで食べよう、ベンチもあるし」

「ああ」

カルデノと二人でベンチに腰掛け、間にカスミが座った。

「このお肉のサンドイッチ、カスミ好きそうだよ」

「わ、ありがと！」

それぞれにサンドイッチが行き渡り、半分ほど食べた辺りで、先ほど屋台で渡されたパンフレットの存在を思い出した。

ザッと途中まで読んでみたものの、まるで絵本のおとぎ話のよう。

「面白いか？」

「うーん、面白いわけじゃないけど。でも大妖精とか出てきて新鮮さがあるかな」

どのような存在を大妖精と呼ぶのかはパンフレットには書かれていないけれど、単純に他の種族同様の大きな姿を想像してみた。

「カスミは聞いたことがあるか？」

カルデノがカスミに大妖精について問うも、カスミは首を傾げた。

「わかんない。大きいのかな？」

どうやら私と同じ考えのようだ。

「他の妖精のこと、ラティしか知らないから、大きいラティ」

「大きいラティさん……」

私と変わらない大きさのラティさんを想像してみる。

妖精の水を作り出すことができるし、口調も自信の持ち方も相まって、大妖精と言われても違和感を感じない。

カルデノが私の持つパンフレットをのぞき込んできた。

「この街と言うより、この地域全体での言い伝えなのか。妖精の楽園から流れる水。水か。本当にラティのことみたいだな」

目についた内容を簡単に読んだカルデノも、同じくラティさんのことが頭をよぎったようだ。

「けど、妖精の楽園だなんてカスミは行ってみたいんじゃない？」

「……妖精、たくさんいるのかな」

カスミは目を輝かせた。

「きっといるんじゃないかな」

パンフレットを畳んでココルカバンにしまう。サンドイッチを食べる手が止まってしまっていたのだ。

今はキッチリ昼食を食べて、また馬車での移動が待っている。

カスミは自分のサンドイッチを食べ終え、すっかり満腹のようだ。体を目いっぱい伸ばしてくつろぐ。

「カエデ、そろそろ時間はどうだ？」

「ん」

懐中時計を確認すると、そろそろ駅へ向かってもいい頃合いになっていたため、慌てて残りのサンドイッチを口に詰め込んで駅へ向かった。

マウタまでの道中、次から次へと馬車を乗り継いだ。

時には走ったり想定以上に待たされたりした以外は美味しいものを食べて、珍しいものを見て楽しい時間を過ごした。

それにマウタに到着した今、バロウが使う宿の名前も分かっているため、場所を道行く人に聞きながら、すぐに見つけることができた。

道に面した出入口は大きな門。

敷地内に入ると刈りそろえられた芝生と花の庭が出迎えてくれて、さらにその奥に宿の建物があった。

高級さがうかがえて、しかしどこか懐かしさの感じられる赤いレンガの洋館。

壁を這(は)う蔦(つた)でさえデザインの一部と化し、古めかしくて厳(おごそ)か。

恐らく一度に何十組も泊まれるほど部屋数はないと思われる控えめな規模ではあるものの、ここに宿泊してみたいとバロウが希望した気持ちが分かる。

「わあ……。身分の高いお嬢様が住んでいそう」

「宿にお嬢様は住まないな。ほら行こう」

カルデノにポンと背中を押されて、庭を眺めながら宿の扉を押す。

赤い絨毯の敷かれた広いエントランスの奥に受付があり、天井にはシャンデリア。そして光の差し込む高窓にはステンドグラスもある。

とにかくバロウが宿泊しているかどうか受付で尋ねると、利用しているけれど今は外出中だそうだ。

いつ戻ってくるか分からないバロウを中で待つのも気が引けるので、一旦外に出たけれど、下手に動いてすれ違いになるのを避けたかったため、宿の門の近くでバロウの帰りを待つことにした。

けれど、待てども待てどもバロウは戻ってこない。

確か、宿を見つけた時点で太陽は中点を少し過ぎたところにあったけれど、今や空はオレンジ色。これから次第に暗くなる一方なのだ。

「どうしようカルデノ。お腹すいちゃった」

ぐう、と鳴るお腹に手のひらを当てる。

「私もだ。こんなに戻ってこないなら先になにか食べるべきだったな」

座る場所もないためずっと立っていたが、カルデノが大きなため息とともにしゃがみ込んでしまった。

「でもこんな時間だし、そろそろ帰って来るかなあ」

私は身長差がありすぎていつもはあまり見ることがないカルデノのつむじを見下ろして、同じくため息をついた。

「あれ、カエデさんとカルデノさん？」

その声がした瞬間。

私とカルデノはいっせいに顔を上げた。

視線の先に、袋を抱えたバロウがトコトコとこっちへ歩いて来る姿があった。

「やっぱり。二人ともどうしてここに？　驚いたなあ。ベイスクイットからここまで、かなり離れてなかったっけ？　ここで待ってたの？」

「それはもう、すっごい待ちました……」

「え、待ったって？」

バロウは驚いて目を丸くした。

「もしかして俺が宿に戻ってくるまで、ここで待ってたの？」

「はい。お昼過ぎくらいから入れ違いにならないように待ってたんです。今はすごくお腹がすいてて……。あっ、じゃなくて私たちがここにいるのは、リタチスタさんから伝言を頼まれたためなんです」

するとバロウは困ったような顔をして、少し言いにくそうに口を開いた。

「受付に要件と待ち合わせ場所を伝えてくれたら、こんなところで待たなくても俺からそっちに出向いたのに……」

「あ……」

思いつかなかった。

バロウなら来てくれただろうに、受付に伝言なんて、考えもしなかった。

ゆっくり立ちあがったカルデノのお腹から、ぐうと空腹を知らせる音が鳴ると、バロウは手に持っていた袋を軽く持ち上げた。

「食べる？　夕飯と明日の朝食のために食べ物買ってきたから」

お言葉に甘えて、バロウの使っている部屋で話しながら食事をとることにした。

バロウにも、コニーさんたちと同じようにリタチスタさんからの伝言と、何があったのかを伝えた。

「そうか。そんなことがあったからカエデさんたちも想定外に伝言係をすることになったんだね」

「はい」

バロウが買ってきたパンや肉料理を遠慮なく堪能しながら、ゆっくりと、伝え漏れがないように話し終える。

「俺はもうこの街での調査を終えて転移魔法の設計書も回収したんだけど、もう一回自白剤を使って情報を聞き出した方がいいかなあ」

面倒そうにトントンとこめかみを指先で叩く仕草を見せた。

「あ、一足遅かったんですね私たち」

「あっいやいやカエデさんたちのせいじゃないからね」

バロウは慌ててこめかみを叩く手を引っ込めた。

「だって俺は、今日この街に着いてすぐ宿だけ借りてその足で回収に向かったんだ。二人は俺を待って宿に張り付いてたなら無理ないよ」

カスミに肉料理を切り分けていたカルデノが顔を上げた。

「袋の中身が全部食べ物だったから、てっきり食べ物だけ買いに出ていたのかと思ったが、さすがに違ったんだな」

「違うね。俺だって焦りがあったから、回収は手早く済ませたかったんだ」

この時間になってしまったら馬車もないし、食事と睡眠はしっかり取ろうと宿に帰って来たところに私たち二人がいて、驚いたということのようだ。

「ところでそっちはどうだった？　ベイスクイットで後藤さんに合いそうな人形、無事に見つけられた？」

「あっ！　見つけました！　すごいんですよ、本当に生きてる人間みたいに精巧で。ね、カルデノ」

「ああ、多少隠さなきゃならない体の部位はあるだろうが、もしあれを仮の体にして街を歩いても、まあ人形だとばれることはないんじゃないか」

「へえー。そりゃすごいな」

バロウは感心したように息を漏らした。

「そういえば転移魔法の設計書は随分と散らばってるようだが、メナエベットに入る時点で分割されて持ち込まれたのか？」

「ああ、みたいだね。そうなると意図的に隠したでもないなら、紛失の恐れだってあるから、抜けがあれば今度こそどうしようもないな」

例えば輸送の際や依頼を受けた人の管理不足。取り落としたり見落としたり、紛失の可能性は充分にある。

しかも全て合わせて確認できるのは、集合地に指定されている街に全員が集まった後、それぞれが回収した枚数を合算して、初めて抜けが判明する。

不安になるところは皆同じだろうが途中経過の報告もできない。だから口には出さずとも今バロウも頭が痛そうだ。

「多分俺への伝言で終わりだよね？」

「はい。コニーさんたちの所へは先に行ったので」

「ならこの宿にこのまま泊まりなよ。俺が払っておくから」

「えっ、いいんですか？」

「うん。伝言お疲れさまってことで。リタチスタには、俺は順調って伝えておいて」

その晩はバロウの厚意で泊まれることになったこの宿でゆっくりと羽を休め、翌朝には集合地となっている街へ出発した。


今までも長旅というのは何度か経験してきた。

私がこの世界で目を覚ました最初の街である、ギニシアのリクフォニアから王都までの数週間。

手掛かりを掴むことができて、ギニシアの王都からカフカまでバロウを探しに行った数週間。

長旅は慣れていると思っていたけれど、だからといって、こうも余裕なくひたすら移動を繰り返すのは初めてのことだった。

早朝に目覚めて馬車で移動。

高い料金で夜間も移動しては次の日のためにすぐに眠り、また早朝に移動するなんていうのもザラだった。

だから夕方、そろそろ住人が仕事を終えて家へ帰り始めるような時間に、集合地である街サバノアへ到着して、駅から一番近い宿に足を踏み入れた時の達成感は、まるで長距離走の末にゴールテープを切ったような清々しささえあった。

それに宿は綺麗で、安心感に身も心も包まれる。

「やっと着いたあ」

もう明日からは、早起きを繰り返さなくていいのだ。

凝り固まる体を我慢して、座席でジッと黙っている必要もない。

ぐっすりと休める。

「早く受付すませて休も」

「だな。さすがに疲れた……」

自然と早足になって受付に向かう。

宿泊の手続きをしていると、突然トントンと後ろから指先で肩を叩かれたため、誰だろうかと振り返る。

「やあ」

にっこりと笑顔の、リタチスタさんが立っていた。

「リタチスタさん！」

リタチスタさんの顔を見た途端、疲れを癒やすよりもリタチスタさんと話したい気分が勝って、受付を終えた後、リタチスタさんの部屋で伝言の報告がてら少し話をすることになった。

部屋は寝室と居間の二部屋に分かれていた。

居間の側にはテーブルがあり、テーブルを挟んで向かい合うようにフカフカのソファが二台用意されている。

カルデノと同じソファに腰掛け、向かいにリタチスタさんが座ったタイミングでこちらから話を始めた。

コニーさんたちもバロウも回収は順調であること、自白剤の渡し忘れはないこと、それに移動が大変だったことなど、思いつくままに話した。

「うん本当にお疲れさま。キミたちが伝言を頼まれてくれたおかげで私も慌てることなく慎重に設計書の回収を進めることができた。あとはバロウとコニーたちがここへ来るまで待つだけだ。しっかり休むといい」

「ありがとうございます。リタチスタさんも誰より回収場所が多かったはずですし、お疲れさまでした」

「なに、お疲れなのは私ばかりじゃないさ。キミたちもコニーたちが来たら労（いたわ）ってあげるといい」

こちらを労ってくれる笑顔が、なんだか心にしみる。

「そうだ、私の話も聞いておくれよ」

リタチスタさんも、途中の回収で、下請けの下請けの下請けまで出てきた話を愚痴混じりに話し、聞き終わったあとに私たちは自分の部屋に戻った。

肌ざわりの良いベッドの体が沈み込む柔らかさですぐに瞼(まぶた)が重くなり、私たちは眠ったのだった。

第四章　合流

翌朝、目を覚まして少しぼーっとしてから、時間を確認する。

「んー……、一時半」

昼過ぎまでぐっすりと眠ったようだ。

寝ぼけ眼(まなこ)で隣のベッドへ目を向けるが、カルデノがいない。

昨日お邪魔したリタチスタさんの部屋と同じ作りであるため、居間にいるのだろうと、ノロノロと寝室から出てみる。

「おはよ」

扉を開けながら挨拶すると、やはりすでに起きていたカルデノとカスミも同じく、おはようと挨拶を返してきた。

「カルデノは起きるの早かったんだね」

くわーとあくびをしつつ、カルデノが座っている向かいのソファに腰かける。

どうやら何か食べ物を買ってきたらしく、テーブルにはいくつかパンが並んでいる。焼きたてなのか、香ばしい香りがする。

テーブルで好みのパンを選んでいたらしいカスミがその内の一つを指さすので、私はカスミが手に取りやすいサイズに小さくちぎって渡す。

「早かったと言っても、カエデより一時間くらいだ、そう変わらない。にしても久々にゆっくり眠れたな」

「そうだね」

こらえきれずもう一度あくびをする。

「食べないの？　パン」

カスミが私とカルデノを見ながら言う。

「私、寝起きだからまだ食欲ないなあ」

「私は食べる。焼きたてで美味しそうだったからな」

カスミが食べているのとは別のパンに、カルデノは大きな口でかぶりついた。

「リタチスタさんも今はすることないのかな」

「ああ、そういえば少し前にリタチスタが来たな」

ふと思い出したようにカルデノが言う。

「え、なんの用事だったの？」

「『魔力ポーション』を頼みたいとか言ってたな。カエデはまだ寝てると言ったら、じゃあ起きたら部屋に来てくれと言われた。急ぎではないんだろう」

「そうかな。じゃあそれ食べたら行こうよ。私も身支度するから」

「ああ」

跳ねた髪を整えたり顔を洗ったりする間にカルデノとカスミはパンを食べ終えて、そのままリタチスタさんの部屋へ向かった。

コンコンとリタチスタさんの部屋の扉をノックすると、扉の前で待ち構えていたみたいにすぐ開いた。

「やあ、どうぞ入って」

「失礼します」

ソファに昨日と同じ位置で座る。

「カルデノにも伝えた通り、魔力ポーションを頼みたくてね。大切に使ってたけど、連日の移動で使い切ってしまって」

「はい、大丈夫ですよ。材料を探すのに手間取るかもしれませんから、少し待ってもらうことにはなりますけど」

「もちろんもちろん。マンドラゴラの花だけは私の方で用意したから、アモネネの蜜は申し訳ないが、街で売っているものを探してもらえるかな。昼食がまだなら済ませてからでいいし、この宿に全員が揃うまでには何とか頼むよ」

「分かりました」

いくらかの代金をリタチスタさんから手渡された。

最初は代金は断ろうかとも思ったのだが、連日の宿泊やら移動やらでかなり出費がかさんでいたため、ありがたくいただいた。

ゆっくりと昼食を終えたあと、私とカルデノ、カスミの三人で街を散歩するような気分でアモネネの蜜を売っているお店を探していくつか回った。

サバノアはギニシアの王都ほどではないものの広い街であり、人口も多くて豊かなようで、数軒回るだけでそれなりの数が手に入った。

「これでリタチスタさんの用意したマンドラゴラの花と釣り合うかな」

ココルカバンに入れた十数個のアモネネの蜜。カスミはわずかに漂う甘い香りを全身で堪能しているのか、幸せそうにアモネネの蜜が入っているビンに張り付いて緩い表情を見せている。

「足りなかったらまた探しに来よう」

「そうだね」

宿への帰り道を歩いていたのだが、ピタリとカルデノが足を止めた。

「カルデノ？　どうかした？」

「ん……」

耳で何かを探っているのか、落ち着かない様子でクルクルと向きを変えたり、辺りを見回したりしている。

「カルデノ？」

「ああ、いや。気のせいなのか、誰かに見られているような気がして」

「誰かって……、もしかしてカスミの姿をどこかで見られたかな？　それで後をつけられてるとか」

妖精であるカスミはやっぱり珍しい存在だ。人の多い場所ではココルカバンの中に隠れているものの、可能性がないとは言い切れない。

私は話を聞いて少し心配になった。

「もしそうなら早く宿に戻るか。それで明日も街へ出るようならリタチスタに頼んでカスミだけ宿に残ってもらう必要があるかもしれないな」

「う、うん」

私はカスミの入っているココルカバンに目を向けた。

「おるすばん……？」

カスミは会話を聞いていたようで、隙間からこちらを見て首を傾げた。

「そうなっちゃうかも」

「むう、そっかあ」

それを聞いたカスミは緩んでいた表情が一転してショボリと落ち込んでしまったが、

それでも納得はしてくれた。

宿に引き上げてからそのままリタチスタさんの部屋へ行き、用意していたというマンドラゴラの花も合わせて魔力ポーションを生成すると、リタチスタさんは喜んでそれらをカバンに入れた。

そのついでに、先ほど街でカルデノが視線を感じた話をした。

「ああ、それでカスミをどこかで見られたかもって？」

「はい。なのでもし明日もアモネネの蜜を探しに行くことになるなら、カスミをリタチスタさんの部屋にいさせてもいいですか？」

「もちろん構わないよ」

テーブルの上には数個余ったマンドラゴラの花がまだ、清水で満たされたビンの中に浮いている。

「魔力ポーションはできるだけ欲しいからね」

「ところでリタチスタは部屋から出ずに何をしてるんだ？」

「もちろん回収した設計書の点検だよ。全然解除が進んでないものもあれば、解除まであと一歩ってものまであってね。今のうちに陣を直していたところなのさ。なかなか骨が折れるんだこれが。まだ半分も終わらない……」

ふう、と嫌気が差したように息をついた。

リタチスタさんたちが自分で作ったものながら厳重で、確認も、解除された部分の補修も、一苦労だそうだ。

数十枚ある設計書を一枚一枚確認して、少しずつ元通りに戻していると、あまり外に出る余裕はないらしい。

「一応、解除されてしまったものはまだ一枚も見つかっていないのが幸いかな」

リタチスタさんは思いついたようにカスミへ話しかけた。

「そうだ、明日はカスミにも手伝ってもらおうかな」

「手伝う？」

「そうそう。大したことじゃないから安心して」

「うん！」

リタチスタさんなりに寂しそうなカスミを気遣ってくれたのだろう。自分に仕事があると聞いて、カスミは今から楽しそうにリタチスタさんの頭の周りをクルクル飛び回る。

「にしても少し妙じゃないかい？」

「妙？」

リタチスタさんは今までの話のどこかに引っかかる部分があったらしく、あごに手を当てた。

「カスミは人一倍、気配や視線に敏感だろう？　それこそカルデノなんてものじゃないくらいに」

「確かにそうですね」

「それなのに見られたって？　そりゃあ人混みの中を歩けば見られる可能性がないとは言い切れないけど」

　つまりリタチスタさんは、カスミが誰かに見られて後をつけられたとはあまり考えていないようなのだ。

　言われてみればカスミは本当に人の気配に敏感で、人前でココルカバンを開けた時だってどうやって隠れているのか、まるでいないように振る舞う術も身に付けている。だからこそ今まで一緒に危なげなく旅を続けて来られた。

「もしカスミ狙いじゃないなら私の感じた視線は、そもそもが勘違いか、別の物を狙った可能性があるな」

　カルデノが言う。

「アモネネの蜜を大量に買う小金持ちにでも見えた……といってもせいぜい一つ十から十五タミルくらいだろうし、カルデノの勘違いというのも、私的にはあまりないのではと思うんだよねえ」

　カルデノの勘の良さというか耳や鼻の良さは、今まで本当に信頼できるものだった。私もリタチスタさんと同じく、カルデノの勘違いだとは思えなかった。

「カルデノがでかくて目を引いただけとか、あと旅行客だから狙ったという可能性もあるだろうし。いずれにしろ少し警戒しておくのがいいだろうね」

何かあってからでは遅い。

身を守るには少し大げさなくらいがちょうどいいのだ。

「それじゃあリタチスタさん、カスミをお願いします。行ってくるねカスミ」

「いってらっしゃい！」

リタチスタさんの部屋でカスミと別れて、私とカルデノはまたアモネネの蜜を探しに街へ出た。

しばらく歩いても、カルデノが辺りを気にするようなそぶりはなくて、こちらから様子はどうかと聞いてみる。

「今のところ昨日のような視線は感じないな」

カルデノの目は辺りを注意深く探っているようで、けれどふっと気が抜けたように小さく息をついた。

「カスミには悪いが、やっぱりただの気のせいだったか」

「それならそれで安心かな。何かあってからじゃ遅いもんね」

「カスミはずっとカエデのカバンの中にいたし、隙間から外を覗（のぞ）くことはあっても顔を出したりはしないだろうしな」

考えていた通り、人の視線や気配に関しては、カスミは嗅覚や聴覚の優れたカルデノより鋭い感覚を持っている。ないとは言い切れないものの、やはりどこかで姿を見られた可能性は限りなく低いと思われる。

なら、カルデノが感じた視線とは何だったのか。

カルデノが自分で言ったように気のせいだったのかもしれないが、今までそんな勘違いをしたことがあっただろうか。

昨日と似たような考えが巡るものの、少し引っかかる部分がある程度。

きっとカルデノだって連日の移動で疲れていたはずで、それが一晩ぐっすり眠ったくらいでは感覚も戻らなかったのだろう。

私たちのサバノア到着から遅れること三日。コニーさんたちが街へ到着した。

それからさらに二日後の午前バロウが到着。宿のロビーでバロウを出迎える形になり、一同は達成感を味わい、口々に労い（ねぎら）の言葉をかけあった。

これで無事に、全員が同じ宿に合流した。

そしてリタチスタさんの部屋にみんなで集まり、それぞれが回収した設計書をテーブルに出した。

自白剤を使ったので、理論上回収漏れはないはず。だから実際に数えてみて設計書の枚数はキッチリ百二十枚あった。

全員が、リタチスタさんが数える手元を緊張して見ていたのだから間違いない。

これで解決だ、終わったんだ、とお祝いムードの中、なぜかバロウだけが浮かない顔でリタチスタさんの手から設計書の束を取って、自分で再度枚数を確認し始めた。

「どうしたんだいバロウ、枚数なら確認できたじゃないか」

リタチスタさんは不思議そうにバロウの手元を見た。

「ああ、枚数はキッチリ揃ってるんだけど、ちょっと気になって」

パラパラと束を捲る手は、枚数を数えているというより、一枚一枚をしっかり目で見て、何か印でも探しているようだった。

「気になるって何が？」

コニーさんの問いに、バロウは答える。

「紅茶のシミ。前に俺がこぼしたんだ。それで紙に大きくシミができて、よれてたはずなんだけど……」

パッと見では、バロウが持つ設計書の束にはよれたり色の変わってしまった紙はないように思える。

一旦は笑顔を見せた全員が、次第に緊張感を露わにバロウの手元にくぎ付けになった。

一枚、さらに一枚と確認され、未確認の設計書は少しずつ枚数を減らす。

そして、最後の一枚になっても、紅茶のシミは見つからなかった。

「……ない」

バロウの呟きが、シンとした室内に溶け込んだ。

数秒の沈黙があって、最初に口を開いたのはリタチスタさんだった。

「ないって、じゃあ枚数が合ってるのは一体……」

「この中に俺たちのものじゃない隠匿書か、ただの白紙が混ざってるってことだろ」

私たちは頭を抱えた。

「私も順番に調べていたとはいえ、全て確認し終えたわけじゃなかったからね……」

「とにかく、確認しなきゃ進まないな」

リタチスタさんは外に出る時間も惜しんで、自分が回収した設計書を確認していた。その分だけは省けるとしても、およそ百枚。

回収した設計書は一度すべて重ねてしまったものの、全員が自分で回収した枚数を覚えている、それを重ねた順に丁寧に取り除けば、リタチスタさん、バロウ、コニーさんたちが回収した山が三つできあがる。

これで、とりあえず誰が回収したものに別の隠匿書が混じっていたのかが判明する。

「私とバロウで確認をするから、キミたちは自白剤の準備をしてくれ、必要になるかもしれない」

ここから先は二人の仕事になるらしい。残る私たちは揃って返事をした。

自白剤の材料となるオキオシールを探すために、自分の部屋で準備を整え、コニーさんたちと共に宿を出た。

「さて、探すっていっても、どこを探そうか」

「ありそうなところを地道に探すしかないんじゃないかなあ」

「土地勘もないから、生息地に当たりを付けるっていってもなあ」

ラビアルさんとコニーさんがため息交じりに話すので、私は言った。

「あれ、カグレンのある薬草屋を探すんじゃないんですか？」

「カグレンの？」

コニーさんとラビアルさんは不思議そうに揃って首を傾げた。

「はい、あの、リタチスタさんから教えてもらったんですけど……」

てっきり、カグレンについては私やカルデノが知らないだけだと思い込んでいたが、リタチスタさんから教えてもらったことを私がそのまま話せば、どうやら相当認知度が低いというか、知らずに生きていることが正解とまで言われてしまった。

「なんなんだあの人。オキオシールマニアか？　どうりで頼りになる時以外はいい加減な人だと思った」

リタチスタさんは私にとって常に頼れる人であるため、そう言われる理由は分からないけれど、きっとコニーさんたちとは長い付き合いの中でいろんなことがあったのだろう。こうして話していると、コニーさんから感じるリタチスタさんへの絶対的信頼の中には、親しみさえ見える。

オキオシールを扱っている薬草屋を探しに歩き出したけれど、これといった会話がなく、何か話題はないだろうかと頭を捻る。

「二人で作業するとはいえ、あの量だからどれだけ時間がかかるかな」

ふとラビアルさんが言った。きっとコニーさんに向けたものだったのだろうが、私たちもその話に耳を傾ける。

「どれくらいかな。……見当がつかないけどやると決めたら寝食も忘れかねない人たちだから、僕らが気を付けないとね」

ラビアルさんに向いていたコニーさんの目が、私たちにも向いた。

「カエデとカルデノも、頼むからね」

「もちろんです」

コニーさんから話しかけてくれたので、こちらも緊張がほぐれた。

思えばコニーさんたちは、リタチスタさんが呼んでから王都の資料庫でずっと忙しく自分たちの仕事をしていたため、ゆっくりと話す機会があまりなかった。土地勘もなく道中長くなるならと、思い切ってリタチスタさんやバロウとの関係を聞いてみた。

「僕らとリタチスタたちの関係？　そりゃアルベルム先生のもとで知り合った弟子同士の関係だよ」

「あ、ちなみに僕が四人の中で一番遅い弟子入りです」

ラビアルさんが、コニーさんの横で存在を主張するように小さく手を挙げた。

「僕がアルベルム先生の弟子になった時すでにリタチスタとバロウはいたんだけど、同じく転移魔法に強い興味があるからってことで交流が生まれたんだ。生まれたっていうか、二人とも研究所に顔を出す頻度が低かったから、見かけたら僕らが付きまとってたんだけど」

「弟子入りしてすぐは緊張して、なかなか行動を起こせないのに、コニーは怖じ気づくことはなかったみたいで」

「ああ、そうそう。ラビアルって無駄に気が弱くて輪に入るのを尻込みしてたから、僕から声をかけたんだったね」

二人とも当時のことを思い出して楽しそうに話してくれた。年齢は私やカルデノよりも上だろうけど、少年同士が笑い合っているような無邪気さがある。

「研究所の中じゃ、僕らってリタチスタたちと結構仲が良かった方だけど、常に薄い壁を感じてたんだ。僕とラビアルのような気の置けない間柄にはなれないって、何年経っても肌で感じてた」

コニーさんはまっすぐ前を向いたまま語り、ラビアルさんも少し眉尻を下げながら頷いた。

「だから、久々に連絡があって資料庫へ向かったら、行方不明だったはずのバロウが仲間と泣くし、リタチスタはそんなバロウのケツを叩いてるしで、あの時は何か言える空気じゃなかったけど、すごく驚いたんだよね」

コニーさんたちと初めて資料庫で会ったのは、バロウが魔王討伐任務の時一緒に戦った仲間に会いたくないと逃げ回った日のことだ。

コニーさんもラビアルさんも平然としているように見えていたけれど、内心気が気でなかったらしい。

「リタチスタたちを手伝っているうちに、昔感じてた薄い壁がなくなったように思えてきたんだ。頻繁に会うようになったからってだけかもしれないけど」

きっと、気のせいではない。自分がもとの世界に戻りたいがための行動しかしていなかったバロウは目的が変わり、しっかりと自分の歩んできた道のすべてと向き合う決心をした。

自分が魔族であることを誰にも打ち明けられずにいたリタチスタさんは、バロウという理解者ができた。

どちらも、恐らく人生に大きく影響する出来事だったはずだ。

コニーさんたちの言う薄い壁がどのようなものかは分からないけれど、それがリタチスタさんとバロウから壁を感じなくなったことと関係はあるだろう。

「あっ、あとあの二人、昔よりずっと仲が良く見える。これは絶対僕の気のせいではないと思うんだよね」

面白い話題を持ち出すように、コニーさんは人差し指をピンと立てた。

「そう？　僕はあんなものだったかなあって思うよ」

「そうだっけ……？」

「それより、カエデさんとカルデノさんは、どこで知り合ったんですか？」

コニーさんの疑問を放置してラビアルさんが言った。

「あ、確かに。珍しい組み合わせ……、というか、本当にどうやって知り合ったのか見当もつかないよねキミら」

予想して当ててみたいのか、コニーさんは腕を組んで空を仰ぎ見たけれど、すぐに諦めたようだ。

「ええと、実はカルデノは元々奴隷で、私が一人暮らしするための護衛が欲しくて、それでまあ、買ったんですけど」

「え、そうだったんだ。今は違うよね？」

「はい、随分前に奴隷契約は破棄になりました」

コニーさんがジーッとカルデノを、穴が開くような勢いで見つめるので、カルデノは居心地悪そうに、何だと口を開いた。

「いや、不思議でさ。どう見ても誰かの奴隷なんてできそうにないでしょ」

「ああ、できなかったからカエデに買われる前に返品の履歴があった」

「へえやるね！」

それを聞いてコニーさんとラビアルさんは大きな口を開けて笑った。

おかげで自白剤の材料を買うまで楽しい時間となった。

宿で休まずに作業を続けているであろう二人の分も含めて夕食を買い込み、宿へ戻る途中、コニーさんが突然後ろを振り返った。

「あ、ちょっと。大丈夫？」

つられて振り返ると、地面に男性がうつぶせに倒れていた。

フラフラとおぼつかない動きで体を起こそうとするも、そのまま男性はまたパタリと倒れる。

コニーさんが駆け寄り、うつ伏せの体をひっくり返す。

倒れた男性はまだ若く、十代の後半から二十代の前半くらい。

うっすらと目を開けているところを見ると、気を失ったわけではないようだが、何事か訴える声はか細く力がない。

コニーさんは一瞬顔をしかめたあと、ラビアルさんとともに通行の邪魔にならない道の端に男性を移し、そこで改めて具合をたずねる。

「どうしたの、どこか痛めてる？」

両膝をついて、仰向けに寝かせた男性の声がよく聞こえるように背中を丸める。

「い、いえ。大丈夫です。ただ、長旅でお腹（なか）がすいてて……」

タイミングよく男性のお腹が、グウと大きな音を鳴らす。

「ただの空腹？」

コニーさんはいぶかしげに眉をゆがめたが、ラビアルさんはおやつとして持ち歩いていたのか、リンゴを一つ取り出して男性に手渡した。

「よかったらこれをどうぞ」

「あ、ありがとうございます。お金もなくて。助かりました」

ゆっくり体を起こして、神様でも崇（あが）めるように何度も頭を下げてリンゴにかぶりついたところで、コニーさんは素っ気なく立ち上がった。

「じゃあね。次からは倒れる前に食事すませなよ」

「ま、待ってください！」

男性はコニーさんの服を片手でガシッと掴（つか）んで、引き留めた。

「……なに？」

どうやら勝手に服を触られたことが気にくわないようで、男性を見下ろす目は冷ややかである。

そんな視線に気づいていないのか、男性は手を離すことなく言葉を続ける。

「お礼がしたいです！」

「必要ない」

コニーさんはキッパリと断る。男性は、まさか断られると思ってもみなかったようで一瞬硬直した。

「あ、え、いえでも……」

「必要ない」

「それじゃあ俺の気がすまな……」

「僕らはキミを助けたけどさ」

コニーさんは男性の言葉が終わるより先に、少し声を張った。びくりと男性が言葉を止めたのを確認すると、声量を戻す。

「どうしてさらに、そっちの気をすますために礼をしたいって要求まで聞いてやる必要があるわけ？　いいからこの手、さっさと離しなよ」

コニーさんの服を掴んでいた手がプルプル震えて、数秒後にストンと力なく落ちる。

「ごめん、なさい。身勝手でした」

「次から気を付けて」

コニーさんは大股で歩き出し、私たちには手招きして、来るようにと促してきたため、駆け足で追いつく。

「どうしたのコニー、あんなに冷たくして」

ラビアルさんはあのような態度のコニーさんはなかなか見ることがないらしく、歩きながらではあるが説明を求めた。

「なんか気づかなかった？」

「気づく？」

ラビアルさんが首を傾げると、コニーさんは小さく息をついた。

「なんでもない。でも、あいつ怪しいよ」

私とカルデノは顔を見合わせた。

「ええ？」

「金がない長旅の割に小綺麗(こぎれい)で、倒れるほどの空腹って言ってたけど顔色も悪くなかった。むしろ健康そのものだったじゃないかよ」

短時間ではあったけれど、コニーさんは最初に違和感を感じてから冷静に観察していたようだった。

身に着けているもの、言葉遣い、仕草、視線、顔色。

「服とかは旅人として不自然ではないけど、荷物を持っていなかった。無一文なら宿が使えないんだから荷物は常に持ち歩いてるものでしょ」

「荷物を盗まれたとか」

「それでも健康と身綺麗の説明はつかないでしょ」

瞬時に出したコニーさんの結論は、これ以上関わりを持たないこと。

「それじゃあ、何か目的があって私たちに近づくために、あれは演技だったってことでしょうか？」

「それは、分からないけど……」

コニーさんは口をへの字に曲げた。

「僕に考えられるとしたら、ええと、金銭目的とか、詐欺、とか……？」

指を折って二本目で答えに詰まったところで、ラビアルさんが割り込んだ。

「どっちみち、怪しいと思ったなら関わらないのが一番ってことですよ」

「そうそう。用事も済んだし、さっさと宿に戻ってゆっくりしよ」

コニーさんはラビアルさんにウンウンと頷（うなず）いて、私たちは宿に戻った。

戻ったからといってたいしてやるべきことはなく、あとはリタチスタさんとバロウが設計書に混じっている別物を探し終えるのを待つしかない。

　リタチスタさんから呼び出されたのは、翌日の早い時間だった。まだ人が少なくて静かな宿の中を移動してリタチスタさんの部屋へ入ると、すでに私たち以外の全員が揃った状態だった。

「これで全員だね。結果を伝えよう」

　リタチスタさんはテーブルの上に置かれていた数枚の紙を掲げた。

「この五枚が、私たちの作った隠匿書でないことが判明した」

　リタチスタさんとバロウの目の下にはクマができている。寝ずに、あるいは睡眠は短時間であったことがうかがえる。

　食事はとるようにと言ったが、睡眠ばかりはそばで見張っているわけにもいかず、二人の裁量に任されていた。

「しかも別の依頼の隠匿書だった」

「別の？　なら取り違えたってことか？」

　カルデノの言葉にバロウは分からない、と返した。

「そのことに関して、コニーたちはどうだった？　立ち寄った工房は他にも隠匿書の解除依頼を請け負っていたか？」

「いいや。隠匿書の解除依頼なんてそもそも数が少ないらしいし、僕らの行った工房ではそれはなかったよ」

「それを聞いて確信したよ」

リタチスタさんは大きなため息をついた。

「恐らくベイスクイットの工房だ」

人形の街であるベイスクイットの工房は、私とカルデノも同行していた。

「でも、しっかり確認しましたよね？　他の依頼分もリタチスタさんが目を通して、転移魔法の設計書が混じってないことはしっかり……」

「そうなんだ」

リタチスタさんは混じっていた五枚を持ったまま指で叩く。

「あの時工房で確認したお粗末な隠匿書と同じものなんだ、この五枚は」

「混じって五枚増えたならともかく、なくなった分を補うように紛れ込ませてあるってとこに、作為的なもんを感じるんだよなあ」

バロウは額を覆うように手を当てた。

例えばリタチスタさんたちの設計書を五枚抜き取って、それがバレないように別の隠匿書で枚数を誤魔化したとか。

「枚数が多かったとはいえ、あの場で全て確認すべきだった」

はあ、とため息をついて、リタチスタさんは手に持っていた隠匿書をテーブルに滑らせるように放った。

誰一人として座っていなかったソファに、リタチスタさんはボスンと落ちるように腰かけた。

膝に肘を突き、顔面を両手のひらで覆う様子には疲れがありありと見て取れる。

「あの、とりあえずリタチスタさんもバロウも、一度休んだ方がいいと思います」

口を出すのはおこがましいだろうかと、恐る恐る進言すれば、コニーさんが真っ先に同意した。

「だね。二人とも顔色が良くない」

コニーさんは眉間にシワを寄せて二人を見る。

「特にバロウなんて、ここに到着してから休めてないんじゃないの？」

「……そうかも」

バロウも、リタチスタさんの向かいのソファにソッと腰を下ろした。

「とりあえず寝る？　それとも朝食一緒に食べる？」

コニーさんがたずねた瞬間、リタチスタさんとバロウはパッと顔を上げた。

そして声を揃（そろ）えて言った。

「一緒に食べる」

そのまま宿泊者用の食堂へ向かい、廊下と隔てるための扉をラビアルさんが開けると、あっと声を上げた。

何事だろうかと中を覗くと、どうしてラビアルさんが驚いているのかが分かった。昨日助けた男性が中にいたのだ。

いくつかある長テーブルの端に、中年の男性と向かい合って話している。

手元に一枚の紙。脇に寄せてある食べ終えたいくつかの食器。食後の雑談中といったところだろうか。

しかし昨日はお金がなく、ろくに食べていないと言っていたが、どうして宿泊者用の食堂にいるのだろうか。

「どうしたんだい？　早く中に入ろうお腹すいたよ」

昨日助けた男性のことなど知らないリタチスタさんとバロウは、どうしてラビアルさんが食堂の入り口で流れを堰き止めているのか理由が分からず、ただ首を傾げる。

「あ、ごめんなさい」

ラビアルさんが食堂に入って、そのまま全員で座れる席を探す間、コニーさんは昨日の男性をいぶかしげに睨んでいたけれど、そもそも昨日倒れたときに道の脇に寄せてあげただけの関係。

いや、ラビアルさんは自分のリンゴを一つ差し出したのだったか。それでもごくごく薄い関係である。

昨日の男性と少し離れた場所で食事を始めたところで、リタチスタさんの視線がチラリと男性の方へ向いたのを見た。

コニーさんとラビアルさんは男性に背を向けるように座っていたため、同じくリタチスタさんの目の動きに気づいたようだった。

「それで、ラビアルがさっき反応を見せてたのは、あそこに座ってる男のどっちかな？」

「えっ、ああ、若い方です」

昨日あったことをラビアルさんは簡単に説明した。

「まさか偶然ここで見かけるとは思ってなくて。ここは宿泊者が使う食堂なのに、お金はどうにかなったのかな」

「へえ、そりゃホント偶然だな」

ラビアルさんの回答にバロウは感心したように口を開けて、そのまま一口大にちぎったパンを放り込んだ。

けれどもコニーさんはしかめっ面（つら）で食事の手をピタリと止め、せっかくスプーンですくった野菜のスープを器に戻す。

「のんきに偶然とか、思ってていいのかな。アイツ一文無し（いちもんな）って言ってたのに昨日の今日でどうしてこの宿に？　偶然にしてはできすぎてるように思うんだけど」

「ふむ」

リタチスタさんは今の会話にしっかりと耳を傾け、それから再度昨日の男性の方へ目を向けた。

「……バロウ」

「え？」

口にパンを詰め込んだまま、くぐもった声でバロウは返事をした。

「設計書に紅茶をこぼしたシミがあるって言ってたよね」

バロウは慌てて嚥下して、口の中を空にしてから答える。

「ああ。すぐに拭いたから薄いけど、結構広範囲にこぼしたんだよなあ」

「それって、あんな感じの汚れ方だったり？」

そう言って、リタチスタさんは昨日の男性が座る場所を、正確にはそのテーブルに置かれている一枚の紙を指さした。

バロウは突然人を指さす行動を咎めながらも、言われた通り目を向けた先の一枚の紙を確認。途端に表情を変えた。

「え、おいあれ見ろっ、俺が紅茶で作ったシミとかなり似てるぞ」

「それを言ってるんだよ私は」

呆れ気味のため息とともに、で、とリタチスタさんは続ける。

「確認した方がいいんじゃないかな」

「だな」

そう言うと、リタチスタさんとバロウは膝のうしろで椅子を押して立ち上がった。ギーッと床との摩擦で生まれた音に、昨日の男性がこちらを見た。

「あ、昨日の！」

こちらに知った顔がいると気が付いたらしく、大きく口を開けて笑顔を見せたまま、たった一枚の紙だけを手に、私たちのテーブルへ歩み寄ってきた。

手に持たれた紙には、確かに薄いながらも紅茶のシミと、それによってよれてしまったあとが見られる。

「あの、改めて昨日はありがとうございました」

「それは気にしないで」

ラビアルさんはやんわりとした笑顔で首を軽く振った。

「でもどうしてここに？　お金がないって言ってたから心配してたよ。宿を使えて良かったとは思うけど」

「ああ、それがですね」

そこで、紅茶のシミが目立つ一枚の紙がよく見えるように、私たちの目の前に掲げた。

「これのおかげなんです」

コニーさんのこめかみがピクリと痙攣する。

「これをこちらの人が買いたいってことで、交渉のために宿代を奢ってもらったんです。隠匿書？　とかっていうらしくて」

「キミさ、その紙がどんな物か知ってるの？」

「え？　へへっ、実はよく分かってないんです。魔法関係の物かなってのは分かってるんですけど詳しくないんで」

「……へえ」

コニーさんの目元に力が入って、目が少し細くなった。

それを自分たちの物だと言って返してもらえたらどんなに楽だろうか。

証拠はないし、買い取りたいと希望する中年男性は、隠匿書であることをすでに理解している。例えバロウあたりがあの紙の内容を完璧に暗記していたとして、異世界間転移魔法の設計書だ。おいそれと赤の他人に教えられるはずもない。だからそらんじている内容を言うわけにもいかない。

けれど確かに、あのシミはバロウがこぼした紅茶に違いないと小声で言った。

「それ、いくらで買うって話になってたんだい？」

バロウの反応を見てリタチスタさんが口を開いた。

「あ、これは……。一万、一万タミルで買い取るつもり、だ」

中年男性はそう言いながら、上半身を軽くのけ反らせて、キョロキョロと目が泳ぐ。妙に怪しい動きに見えて仕方がない。

「ふむ。なぜそんなにも高額で？」

対してリタチスタさんは冷静に、高額での買い取りを決めた理由を問う。

「これは、……隠匿書といって、簡単に中身は見られないものの、隠してあるだけあって貴重な情報が手に入るかもってことで、欲しがる奴がいるんだ。たくさんいる……」

説明する間にドンドンと額が汗まみれになる。何か隠しているのか、単純に狙った書類を横取りされるのを警戒しているのか。ともかく皆の視線は中年男性に注がれている。

「キミ、名前は？」

リタチスタさんの視線がクルリと昨日の男性に向く。

「あ、俺？　俺はジャナバっていいます」

ジャナバは快活な笑顔を見せた。

「そうかい。ならジャナバ、その紙を私たちも買い取りたいと思うんだけど」

今度は全員の目が一斉にリタチスタさんへ勢いよく向けられた。

「か、買うって？」

バロウの言葉はまるで全員の気持ちを代弁したような一言だった。

中年男性が提示するのは一万タミル。つまり私たちはそれ以上の金額でなければジャナバから隠匿書を買い取ることができない。そして恐らく全員、懐はそう温かくない。長旅で、出費がかさんでいるのだ。少なくとも私とカルデノの財布はギニシアに帰るまでしか持ちそうにない。

「あれはもともとこっちの物だ。盗まれたものを買い戻すなんてばかばかしい話はないよ、あんまりじゃないか！」

　コニーさんはキッとジャナバを睨んだ。

「これ、盗品って言いたいんですか？」

　ジャナバは眉根を寄せた。

「そうだよ、盗品だ。僕らはそれを回収するために、はるばるギニシアからここまで来たんだ」

「そんなこと言われたって、じゃあ証拠は？　これは俺の恩人から貰った荷物に入っていたものだし、そんな理由を鵜呑みにできないです」

「それは……」

　コニーさんだって証明できないと分かっていたはずだ。それでも大金を払って、自らの意思で手放したわけでもないものを買い戻すことに、怒りが先走ってしまったのだろう。

「まあまあジャナバ」

　言いながら、リタチスタさんはポンとコニーさんの肩に手を置いた。コニーさんは大げさに驚いて、リタチスタさんの意向に従うように完全に口を閉じた。

「その話は一旦置いといて、私たちはそれを買いたいんだ。構わない？」

「はい。金額次第ですけどね」

「それは良かった。ならこちらは一万と千タミル払う」

リタチスタさんが提示した金額は元の値に一割上乗せしたものだったが、中年の男性はそれだけで怯んだようにジャナバの顔色をうかがった。

「わあ、俺は全然構いませんよ！　少しでも高値な方が嬉しいに決まってますから決めました、あなた方に売ります！」

ピッと立てられた人差し指、キュッと上がった口角が嬉しさを表している。

こちらが一応ホッと胸をなでおろす一方で、横から隠匿書をかっさらわれたも同然だというのに中年男性は反論も異議もなく、ただ残念だと言って立ち去った。

当然、買ったのだから支払いをしなければならない。そして支払いの額は相当なもの。

食堂から出てジャナバを一階のロビーに待たせたまま、私たちは再度リタチスタさんの部屋に集まっていた。

リタチスタさんは深刻な表情で、所持金の入った革袋を片手に一同へ目配せして、もったいぶってそーっとテーブルの上に置いた。

「ちなみに皆、いくら出せる？　私は六千五百タミルまでなら」

一瞬空気が凍った。

「お前っ、払えるかどうか分かんねえ金額をはした金みたいに提示したのかよ……？」

バロウが恐ろしいものを見たように口元へ手を当てると、リタチスタさんは若干申し訳なさそうに肩をすくめた。

「あの場では仕方ないじゃないか。確かに高いけど……。で、キミらいくら出せる？」

結局残る金額をバロウ、コニーさん、ラビアルさんの三人で出して、部屋に招き入れたジャナバへ支払った。

そうして無事に戻ってきた大切な設計書をバロウはすぐさま確認し、間違いなく自分たちが持っていた設計書の一部だ、と告げた。

ジャナバを目の前にあからさまな反応はできなかったけれど、きっと皆飛び上がりたいほど嬉しかったはずだ。

「ところでこの隠匿書、キミは恩人から貰った荷物に入っていたと言ってたけど、その恩人というのはどこにいるんだい？」

「カーペランってところですよ」

「カーペランか」

リタチスタさんは地図を広げて具体的な場所を指さしてもらった。カーペランはここからそう離れた街じゃなかった。

「キミは恩人にいつ荷物を貰った？」

「うーん、正確なところは覚えてないんですけど、多分この十日の間ではあります」

「何をしている人？」

「魔法の研究をしてるみたいです。俺にはそれがどんなものか詳しいことまで分かってませんけど」

「ふうーん」

アゴに手を当てて何か考えているらしいリタチスタさんの言葉を待つ形になったものの、案外すぐに言葉が続いた。

「キミの恩人のところへ、私たちを案内してもらえるかな」

ジャナバは首を傾げた。

「え、なぜです？」

「私たちはこれと同じものをあと数枚探している。キミの恩人が持っている可能性があるだろう？」

「んん、でも盗品……なんですよね？　俺の恩人は他人から何かを盗むような人じゃないですよ」

「なにも恩人が自分で盗んだと決め付けることないだろう？　さっきも盗品とは知らずに買おうとした男がいたくらいだ。知らずに手元に置いているとは思わないかい？」

困ったように笑いかけると、恩人を疑っているのではないと分かってくれたのか、ジャナバはわざとらしく頬をかく。

「そりゃ、まあ、そっか。じゃあ案内しますね」

そもそもカーペランに残りの設計書がある保証はないものの、今はそれしか手がかりがなかった。

第五章　カーペラン

「うわあすごい！　飛んでる！」

　私たちはカーペランへ向かうべく、リタチスタさんの荷台で空を飛んでいた。これなら想定よりも早く到着することだろう。

すごいすごいと言ってはしゃぐジャナバはいつかの自分を見ているようで、魔力もないのに私は、そうだろうリタチスタさんはすごいだろうと、勝手に得意になっていた。

「あんまり動き回らないでよ、ただでさえ狭いのに転んだら怪我(けが)するよ」

　コニーさんがジャナバへ苦言を呈したように、少人数での移動なら広く感じるリタチスタさんの荷台も、大人七人と人数分の荷物が詰め込まれては、お世辞にも快適と言える広さではなくなっていた。

「あ、すみませんついつい」

　コニーさんの隣に開けてあるスペースに、ジャナバはおとなしく座り直す。

「こんなに楽しい旅があるなんて驚きです。皆さんいつもこうなんですか？」

「まさか。こんな移動方法は私以外に見たことがないよ」

「じゃあ人数は？　いつも皆さん一緒にこんな賑やかな旅を？」

「それも違う。ここまでの大所帯はそんなにない。そう言うキミはずっと一人で旅を？」

「まあ、友達もいないし必然的に」

照れた様子で明るく素直に何でも話すジャナバ。あれほど警戒心を露わにしていたコニーさんも、今は何だか眉間の皺も見当たらない。

「なんだかんだ一人で問題なく旅ができてるなら、それで構わないと思うよ」

「そっか。でも、いいなあ賑やかな旅」

バロウの言葉を受け入れつつ、声色から本当に羨んでいる様子が見て取れた。

一度会話が途切れて風を切る音ばかり鳴っていたところ、ふと気になってジャナバにたずねた。

「そういえば、恩人っていうのは何の恩人なんですか？」

ジャナバは斜め上を仰ぎ、数秒置いてから答えた。

「命の、ですかね。俺が空腹で倒れていたところを拾ってくれて、不調がなくなるまでいろいろとお世話になっちゃったんですよ」

「ええ？　お腹すかせて倒れたのってあの一度だけじゃないの？」

コニーさんはまんまるく開いた目でジャナバの頭からつま先まで凝視するが、その視線にまたもジャナバは照れた様子でわざとらしく頬をかいた。

「恥ずかしいことに、二回目でした……。へへ」

笑っていいことかどうかは分からないけれど、ジャナバの照れ笑いにつられ、コニーさんも少し笑っていた。


目的の街であるカーペランにはこれといった特徴はなく、のどかな場所だった。

まだ明るいとはいえ、じきに日が暮れる。到着してすぐに宿を探すことになり街の中を歩いたが、大きな建物はあまりなく、人が溢（あふ）れる大きな通りもない。住人たちの歩みはのんびりとしていて、時折聞こえる笑い声も穏やかだ。

ジャナバの案内で一軒の宿を利用することにして、そのまま荷物だけ置いて恩人の家へ向かう。

けれど道案内の最中、目に見えてジャナバの口数が減った。

「どうかしました？」

私が聞くと、小刻みに首を横に振った。

「いやその、あんまり歓迎されないだろうなあって、ちょっと不安になってきて」

「なぜ？　世話になっている間、失礼を働いたりしたのかい？」

「いえいえ！　そんなまさか！」

リタチスタさんの言葉を慌てて否定したものの、その勢いはすぐに衰えてしまった。

「ただその、あ、恩人の名前はマルビリスさんっていうんですけど、俺はマルビリスさんのところにいる養子たちに良く思われてなかったみたいで、それがだんだん心配になってきて。もし取り次いでもらえなかったらどうしよう」

はあ〜、と大きなため息とともに立ち止まって頭を抱えてしまったので、リタチスタさんはそれを許さないと言わんばかりに背中を押した。

「まあまあ。行ってみなきゃ分からないじゃないか」

それでも最初モゴモゴと嚙(か)み切れないゴムを口に入れているみたいに煮え切らないジャナバだったが、数秒すると諦めたのか小さく返事をして素直に歩き出した。

ジャナバの恩人、マルビリスという人物の家は、こののどかな街の丘のいただきにあるという。

丘といっても確かに山より低いがゆるい斜面には木々が生え、舗装された道を抜けて到着するまで、ちっとも恩人の家は見えなかった。

「ここが、マルビリスさんの家です」

大きな屋敷だった。例えばアイスさんの住む屋敷ほど立派ではないけれど、カーペランの建物はどれもこじんまりとしていて、それに比べるとマルビリスの家は確かに屋敷といって間違いない。

二メートルもありそうな高い柵や生け垣で庭と屋敷はぐるりと囲まれていて、錆(さび)の浮いた門を潜(くぐ)ると赤いレンガ作りの屋敷が全貌を現す。

二階建てだが、一部は三階建てであるのが見て取れる。ちょうど見上げていた二階の窓に人影があり、目が合ったかと思うとすぐにどこかへ消えてしまった。

ジャナバは扉の前に立って一度深呼吸したあと、ドアノッカーを少し強めに、カンカンと鳴らした。

するとすぐに扉が開いた。どうやらノックより先にこちらへ駆けつけていたらしく、多分先ほど目が合った二階の人物だろう。

「あ、久しぶりだね……」

「お前、もう戻ってきたんだな」

開口一番、そう言った。眉間に深く皺(しわ)を寄せて、口はへの字に曲がっている。

「……うん」

あんなに明るくふるまっていたのに、ジャナバの声は小さかった。

「それでゾロゾロ連れて来たのは誰？」

中から出て来たのはジャナバより年下の少年で、十五、六歳だろう。中へは通さないと言わんばかりに扉の前に仁王立(におうだ)ちし、こちらの顔を順繰りに確認した。

「実はこの人たちがマルビリスさんに用があるってことで、お世話になった恩もあるし連れて来たんだ」

「じゃあマルビリスさんに取り次げってこと？」

「うん」

「突然連れて来たって困るんだよな。お前だってマルビリスさんが忙しい人なのは分かってるだろ」

「ごめん」

ジャナバは目の前の不機嫌な少年の態度を少しでも軟化させたかったのか、控えめに笑顔を見せた。

「へらへらするな。そもそも用ってなんだよ」

少年が、私たちみんなを見回す。そんな中たまたま目についたのか、バロウに視線が止まった。

「俺たち、ちょっと物を探してる最中で」

バロウが丁寧に説明を始めた。バロウが状況を伝える間、少年は口を挟むことなく最後まで聞き終え、フンと鼻をならした。

「そりゃ大変だな。盗まれるなんて間抜けをかまさなきゃ済んだ話なのに」

「それはそうだ、でも起きたことは変えられない。だから取り戻すためにここへ来たんだよ。取り次いでもらえるか？」

「無理」

バッサリ、そう返された。

「さっき言ったけどマルビリスさんは忙しいんだ、今日は特に。約束もなく来て、あっさり会えるなんて思うなよな」

「なら都合がいいのはいつになる？　その日に会いたい」

少年はバロウの問いを無視して屋敷の中へ入ってしまい、扉が閉じられる直前、ジャナバは隙間に手を差し込んで阻止した。

「ねえ、いつならマルビリスさんに会える⁉　困るんだ、この人たちは俺の恩人だしどうにか要望をかなえてあげたいんだ。せめて俺だけでも中に入れてよ」

手のひら一枚分の隙間から、少年の声がした。

「なんでマルビリスさんがお前のことを特別に感じてるか知らないけど、基本の魔法も使えない無能なお前のこと俺ら全員嫌いだから、何回来たって取り次いでやらないよ。お前も今日は宿にでも泊まれば？」

一瞬扉が開いて、勢いよく閉められると、ジャナバは痛さのあまり手を引いて、今度こそパタンと扉が締め切られた。

「いたた」

「だ、大丈夫ですか？」

手の甲はすでに赤くなっていて、痛いのか動かすたびに顔をしかめる。私が持っていたポーションを使ったのですぐに痛みは引いたようだが、それでも落ち込んだまま。

「ごめんなさい皆さん。俺に良くしてくれるのはマルビリスさんだけで、他にもいる養子たちはあの通り。俺は本当に嫌われてて。あそこまで敵視されてるなんて思ってもいなかったんですけどね」

とにかく取り付く島もないので、別の方法を考えるしかないだろうと宿へ引き返したのだった。

そこで少し詳しい話をジャナバから聞く流れになり、決して広いとは言えない宿の一室に七人がギュッと詰めた。

椅子は一脚、ベッドは一つ、他に座るものもないためリタチスタさんだけがベッドに腰かけ、他は壁に背中を預けて楽な姿勢を取ることにしたらしい。椅子には誰も座らなかった。

「さっそくになるけど、養子に邪魔されないでマルビリスに会うために、何か他に方法はあるか？」

バロウが話の口火を切る。

「あ、はい。ええと、マルビリスさんは家にいる時は自分の研究に没頭している人だから来客の対応は全て養子たちがするんですけど、出かけた時を狙えば直接本人に話ができると思います」

「なにか定期的な予定がある感じ？」

ジャナバは記憶をたどるようにコメカミを指先で叩く。

「ええと、確か一週間くらいに一度、二日かけて孤児院を数か所回るんです。きっとその途中なら直接話を聞いてもらえると思います」

マルビリスという人は慈善家なのだろうかと推測する中、さきほど私たちを無下に扱った少年の顔を思い出す。

「あの、養子たちの態度は、最初から？」

私が問うと、ジャナバは自分のつま先に視線を落として答えた。

「マルビリスさんは孤児院から、魔法の才能のありそうな子供を引き取っては育てているんです。だからあの屋敷にいる子たちはさっきの少年も含めて皆、魔法の才能がない俺を目の敵にしてたのは分かってました」

やはりあの少年も孤児院から引き取られた子だったようだ。

「ほら、これ」

ジャナバは全員に見えるように手のひらを上に向けた。そこからガス欠のような弱々しい火が、一瞬だけポッと出るのを数回繰り返し、それっきり何も起こらなかった。

私とカルデノが理解できず揃って首を傾げる中、他の四人の空気は同情的なものだった。なんと声をかけていいか、とそんな文字が頭上に浮いているようにさえ思える。

つまり、言葉を飾らず言わせてもらえば、ジャナバの魔法の技量は相当低い。

「こんなんでも魔法が使えるんだから、魔法を習いたい思いはあるものの、経済的な理由で諦めていたんです。そんな俺を哀れに思ったのか、マルビリスさんが魔法を教えてくれました」

それを養子たちは面白く思わなかった。それはそうだろう、自分たちは魔法の才能を秘めているという明確な理由があってマルビリスに期待を寄せられて孤児の身から脱したはずなのに、ジャナバはそんなたった一つのシンプルな理由すらなく目をかけられる存在なのだから。

「でもそうして教えられれば教えられるだけ、俺には魔法の才能がないんだってはっきり分かって、限界を感じてここを去ったんです」

「そこでまた行き倒れて、助けたのが僕たちってことね」

コニーさんが言うと、ジャナバはコクリと頷いた。

「ならとにかく、マルビリス本人が出かける日を狙ってここに留まるしかないか」

バロウの言葉で解散の雰囲気になった。コニーさんとラビアルさんはすでに扉の方へ行こうと足の向きまで変えたところで、リタチスタさんがほんの好奇心からたずねた。

「ところでマルビリスは魔法の研究をしてるって言ってたね。具体的にはなにを？」

「ええと」

ジャナバはリタチスタさんの方を向いた。

「……確か『魔女の言葉』って言ってたかな……？」

「魔女の言葉？」

いち早く反応を示したのは、たずねた本人であるリタチスタさん。それから魔法に詳しくない私やカルデノを除く全員が、ピンときたように目を見開いた。

「もしかして、『魔法文字』のこと？」

コニーさんが合っているかどうか不安そうに聞くと、リタチスタさんは頷いた。

「所変わればってやつだ。ギニシアに住む私たちが聞き馴染(なじ)んでいるのは魔法文字。他にも最古の文字とか魔法素因とかって呼び方があって、ここでは魔女の言葉と呼ばれているようだね。どこかで聞いたことがある」

「あの、魔法文字？　って、なんですか？」

私は話の腰を折るだろうかと心配しながらもたずねた。

「ああ、陣の中に変わった形の文字があるのを見たことがあるだろう？　あの文字のことさ」

リタチスタさんは面倒がらずに説明してくれた。

「魔法文字が魔法の原型で、それを理解することで私たち魔術師は皆、魔法を使いこなすんだ」

「へぇ～」

文字と言うからには、発動の命令を与えるような役割があるのだろう。それをリタチスタさんやバロウは紙いっぱいに書いて、消して、また書いて、と繰り返していたのだ。

「魔法文字って習いはするけど、それ自体の研究か……。ちょっと興味あるな」

バロウの呟いた言葉に、ジャナバは少し嬉しそうな表情を見せた。

「マルビリスさんは、まだまだ知られていない魔女の言葉がこの世にたくさんあると確信しています。世界中で作られた魔法の収集、解析をしていました」

「その収集に隠匿書が含まれていて、どこからか入手したってわけか」

バロウの言葉に、少し引っかかる部分があった。

全て回収した百二十枚の設計書。けれどそのうち五枚は、意図的にすり替えられたと考えられている。

もちろんジャナバが恩人であるマルビリスを疑いたくない気持ちは分かるが、怪しさが垣間見える。

もし設計書が買ったものなら、別の隠匿書とすり替える必要はない。

そもそも解除依頼を受けた人が依頼主に断りもなく売るとも考えにくいし、自白剤を使って洗いざらい話させたのだから、隠匿書を持っていた時点でマルビリスの影も差さないことは有り得ないのだ。

だから盗まれた以外、私は考えられなかった。

「ジャナバ、キミ自身はマルビリスのそばにいて魔女の言葉について詳しいことを学んだのかい？」

リタチスタさんの問いにジャナバは首を横に振った。

「学んだわけじゃなくて、マルビリスさんが雑談として時折話すことに相槌（あいづち）を打つくらいで、俺が知ってるのは些細（ささい）なものですよ」

「なるほど、少し聞かせてもらっても？」

リタチスタさんは腰かけたベッドで足を組み替えた。そしてジャナバに向けられる目が少し、鋭くなったように感じられた。まるで些細な動作さえ見逃さないように、注意深く。

「ええと、俺が聞いて面白いなって思ったのは、今と昔の魔法は違っているらしいって話ですね」

言いながらジャナバは両手の親指同士、人差し指同士をくっ付けて輪っかを作り、目の前に掲げた。

「よく見る魔法って、形がこうして丸いじゃないですか」

「ああ、陣の形のことだね」

「そうですすそうです」

分かってもらえたから、と輪っかを作った手がほどかれる。

「この形の陣を魔法円っていうらしいんですけど、昔は違ったらしいんです」

らしい、らしい、とそればかりで恥ずかしいけれど、とジャナバは言うが、マルビリスから聞いたことをそのまま話しているのだから仕方ないだろう。

「魔法円はその範囲を可視化して定めるため、あるいは結界や檻の役割をするための、ほんの限定的なものだと」

以前、たしかバロウがカフカにいた時に、バロウの家の地下室でリタチスタさんに似た説明をされたことを覚えている。

地下室の壁一面に魔法円ではない別の形の魔法があり、それはバロウが書き留めていたもの。

つまり少なくともバロウとリタチスタさんの二人は話の腰を折りたくないだけなのか、それとも他に思惑があるのかは分からないが、魔法円については知っているのに、口を挟まず熱心にジャナバの話を聞いている。

「つまり今の魔法の多くはその限定的な魔法で作られているから、今の時代を生きる魔術師は本来の魔法の数パーセントしか使えていない。たった一色の絵の具で絵画を表現しても内容は限られてしまうように、魔法の可能性は今となっては封じられていると、マルビリスさんは言ってました」

誰もジャナバの話には相槌すら打たず、ジャナバは、ただ集まる視線に応えるように話を続ける。

「魔法を使う時に手をかざすのは、指をさすのは、杖を振るのは、放つ方向や範囲を自分で可視化しなければ魔法を使えないと思い込んでいるからだ、とも」

言われてみれば魔法を使う人たちは皆、リタチスタさんでさえ時に手をかざし、時に手を振る。

「生まれながらに魔法を使える者たちは未だに魔女の血を濃く受け継いでいる、頭の中深くには古い魔女たちの言葉の記憶が詰め込まれている。マルビリスさんはそれを完璧に引き出す術を、ずっと探しているんだそうです」

「興味深いね」

ジャナバの話が終わるのを見計らい、リタチスタさんは膝に頬杖をついた。

「じゃあ、マルビリスは何のためにその魔女の言葉の記憶を引き出したいのか、聞いたことは？」

「え？」

予想外の質問だったのか、ジャナバは腕を組んで首を傾げた。

「あ、うーん、そういえば聞いたことなかったかも。でもやっぱり、魔法をより良くしたいからじゃないですかね？　だってマルビリスさんは良い人ですから」

ジャナバはマルビリスを信じて疑わないようで、無垢な笑顔を見せた。

二日後。ジャナバの言った通りマルビリス本人が屋敷から出てくる日がやって来た。

大慌てで宿へ知らせに来たコニーさんの後に続いて全員が走った。

そしてマルビリスの屋敷から少し離れた道の途中で、本人を見つけた。少し硬そうな真っ白い髪。顔にシワこそ多いけれど衰えを感じさせない威厳に満ちた眼差しが、行く手を阻んだ私たちに向けられた。

「マ、マルビリスさん」

ジャナバが話しかけると同時に、マルビリスの隣にいた少年が一歩前に出た。

「また来たんだお前、こんなだまし討ちみたいなまねして……」

少年が話している途中で、マルビリスはその肩に手を置いた。

「また、と言ったか？」

「あっ、いや……」

案の定私たちが訪ねたことをマルビリスに伝えていなかったため墓穴を掘った少年は、しどろもどろで言い訳を始めようとしたが、マルビリスはそれを静かな目で制した。

萎縮した少年をマルビリスは後ろに下がらせ、こちらへ目を向けた。

「元気かジャナバ」

「はい、なんとか」

「そうか、良い事だ。それで尋ねて来たというのは？」

「実は、マルビリスさんに会っていただきたい人たちがいて」

ジャナバはそう言って私たちを紹介した。

「ふむ。何か私に用があったのなら聞こう」

「ならさっそくだけれど、最近隠匿書を入手しただろう？　私たちの物なんで返してほしいんだ」

リタチスタさんが簡潔に要件を伝えると、マルビリスはゆっくりと、短く整えられたひげを撫でた。

「私は日々、さまざまな魔法を収集している。もちろん隠匿書もその一つではあるが、私にとって珍しいものではない。キミたちが言う隠匿書がどれのことを指しているのか分からないな」

はぐらかそうとしているのだと、バロウが反論しようと口を開いたところでマルビリスの言葉が続いた。

「なので、今から私の屋敷へ来るといい。キミたちの物だという隠匿書を自分で探してくれて構わない」

随分あっさりと言ってくれたため一瞬呆気に取られ、けれどリタチスタさんたちの警戒心が高まるのを感じた。

「どこかへ出かけるところだったようだけど、それでも構わないのか？」

「構わないと言っているのだがね」

バロウの言葉に面倒くさそうに小さく息をつくマルビリスの姿を見て、リタチスタさんとバロウは顔を見合わせた。

返してくれると言うのなら行くしかない。踵を返したマルビリスの後に続いて、私たちは屋敷へ向かったのだった。

そして屋敷の門を潜る直前、リタチスタさんが足を止めて、後ろを歩いていた私やコニーさんたちを振り返る。

先に入ったマルビリスと少年が少し進んでから、声量を抑えて言った。

「すまないけれど、私とバロウだけで行く。ここで待っていてくれるかい？　念のため二手に分かれよう」

「……分かった」

返事をしたのはコニーさんだった。渋々という雰囲気を隠そうともせず、けれどここで理由を問う時間もないと判断したのだろう。

「あのっ、俺はついて行っていいですか？　マルビリスさんと話したくて」

リタチスタさんはジャナバに頷き、行こうと一言促して、門を潜った。

屋敷へ向かった全員が中に入ってから、カルデノが口を開く。

「納得できてなかったようだが、よかったのか？」

「僕らが納得するしないの話じゃない。多分リタチスタは万が一自分たちに何かあった時のために、二手に分かれたんだ」

「何か、って……？」

私は恐る恐る聞いた。

「不測の事態だよ」

コニーさんは迷いなく答えた。

「おとなしそうなじいさんに見えたけど、現状アイツが隠匿書をすり替えたとしか思えない。そんなヤツのテリトリーに入るんだから警戒して当たり前でしょ。本当に黙って返してくれるかどうかも怪しい」

私はゴクリと、緊張から生唾(なまつば)を飲み込んだ。

「まああ、でもあの二人ならよほどのことがない限り危険はないでしょうから、気を楽にして待ってましょうよ」

私の緊張感を読んだのか、ラビアルさんが和ませるためにそう言ってくれた。

「そうだね、きっとすぐに戻って来るだろうし」

コニーさんは自分の心配が行き過ぎたものだったと反省するように軽く笑って、けれど十分、二十分と時間が経つにつれて、次第に最初の緊張が戻りつつあった。

「いくらなんでも、遅くない？」

組んだ腕を指でトントンと叩く様子からも、不安と苛立ちが伝わってくる。

「うーん、話が盛り上がってるとか？」

ラビアルさんは冗談を言ったつもりはなかったようなのだが、ピリついているコニーさんには伝わらなかったらしく、キッと睨まれていた。

「ったく……」

コニーさんは懐中時計を取り出し、時間を確認した。

「あと五分だけ待っても出てこなかったら誰か屋敷の中から呼んで……」

ドオン！

コニーさんの言葉を遮るように、屋敷から大きな爆発音がした。

咄嗟に屋敷に目を向けると、屋敷の二階部分から黒煙が上がっていた。どうやら一室の壁が吹き飛んだようだが、ここからでは何が原因か把握できない。

「なんだよあれ！」

もうただ待っているだけなんてできなかった。コニーさんは全速力で門を抜け、屋敷の扉を思いきり叩いて人を呼んだが反応がない。

「おい！　誰かいるだろ出てこい！」

ガンガン！

今にも穴を開けそうな勢いで扉を殴っていると、急に人が出て来た。先ほどとは別の少年だった。

「扉を壊す気か⁉」

「うるさい！　今の爆発はなんだ⁉　さっきここに来た二人と関係あるんじゃないだろうな⁉」

少年はコニーさんの剣幕に肩を跳ねさせたものの、すぐに睨み返した。

「お前らそもそも誰だよ。ここはマルビリスさんの……！」

しかし少年の言葉が終わるのを待つより先に、コニーさんが自分よりずいぶん下にあるその胸倉を掴(つか)んで引き上げた。

「先に質問したのはこっちだろ」

「ひぁ」

腹の底から鳴るように低い声で詰め寄られ、つま先立ちになった少年は顔を白くしてプルプルと指先を震わせた。

「へ、あぅ」

「チッ。もういい」

何も答えられず目に涙を溜(た)めたあたりでドンと少年を突き放し、尻餅をついた少年の横を私たちは通り過ぎた。

入り口からまっすぐ続く廊下の途中ですぐ、二階へ続く階段を見つけて駆け上がると、左右に部屋がいくつか並んでいて、一室の扉が壊れかけて歪（ゆが）んでいるのを発見し、コニーさんが蹴破った。

どうやらこの部屋で間違いない。壁の一部がなくなり、瓦礫（がれき）を含んださまざまな物が散乱している。本、紙、装飾品、ガラス。足の踏み場がないその部屋の中で、慌てるでもなくマルビリスとジャナバがゆっくりとした動きで片づけをしていた。

リタチスタさんとバロウの姿はない。

「二人はどこだ！」

片手に数冊、汚れのついた本を抱えていたマルビリスが、そこでようやく私たちの方へ目を向けた。ジャナバは俯（うつむ）いて、こちらを見ようとしない。

「さきほど帰ったと思うが」

「そんなはずはない。僕らは片時もこの屋敷の前から離れなかった。あの爆発といい、あなたが何かしたとしか思えない」

「それはそれは」

マルビリスはラビアルさんの疑問には答えなかった。

「あの二人は、とても魔法が得意なようだね。名のある者たちかな」

「ギニシアではね」

「そうだったか」

マルビリスは小さくため息をついた。

「やっぱり何か……！」

「待って」

コニーさんが何かしようと手で小さな動きを見せると同時に、ラビアルさんがそれを手で制した。

「私はあの二人に何もしてはいない。彼らの頭の中の、魔女の言葉を取り出して見せてほしかったんだが、その前に逃げられてしまったんだよ」

なら、爆発はともかくとして、リタチスタさんとバロウは無事でいるのだろう。でも、それならなぜ、どこからも顔を出さないのかが気がかりだった。

「魔女の言葉とは、どのように人から取り出すものなんですか？」

ラビアルさんが緊張の面持ちでたずねた。

「魔女の言葉とは魂に存在する。それを抜き取って拝借するんだ」

悪びれるところなくすんなりと答えたマルビリスだが、ラビアルさんはさらに続けた。

「魂を抜き取って拝借……。それは、人を廃人にする行為に思えます」

「傍目（はため）にはそうだね」

「それは好奇心のために?」

「どうとでも」

マルビリスとラビアルさんの会話を聞いていたコニーさんは、いかれてる、と吐き捨てた。

私は俯いたままのジャナバへ声をかけた。

「ね、ねえ。ジャナバは知らない?」

「………」

ジャナバは答えなかった。相変わらず俯いたまま、頑なに目を合わせようとしない。

「なんで何も答えないの? ここにいるってことは、何か見てたはずだよね? リタチスタさんとバロウはどうしたの?」

「………」

やはりジャナバは何も答えない。思わず詰め寄ろうとしたところで、コニーさんが制した。

「いいよカエデほっときな。ともかく二人が本当に無事だっていうんなら、こんな場所に用はない。行こう、みんな」

「フッ」

部屋を出ようとしたコニーさんだったが、マルビリスが鼻で笑ったのを聞いてピタリと立ち止まる。

「そういえばあの二人は、隠匿書を取り戻すどころか、『忘れ物』までしていったな」

「はあ？」

マルビリスは手に持っていた数冊の本を床へ丁寧に重ね、かろうじて残っていた机の上から、紙の束を手に取った。

「なにせ必死に取り返そうとした隠匿書が、こんなにもあるのだからな」

おおよそ五十枚はありそうなその紙の束の一番上には、見覚えのある紅茶のシミ。

「そ、それ……」

コニーさんは目を見開いて絶句した。

「次は忘れ物を取りに来るよう伝言を頼むよ」

「どうやってそれを二人から奪ったんだよ！」

怒りに任せて、コニーさんは振るった手から火を噴き出した。当たれば恐らくマルビリスの持っている隠匿書の束も燃えてしまうだろう熱量の火。

マルビリスはコニーさんの魔法が発動する一瞬前に背後にジャナバを庇（かば）い、火が到達する直前、何かを呟（つぶや）いた。

不思議に響く音だった。言葉というよりも音。頭の中で反射するように鋭く刺さる風切り音にも思える妙なものだった。しかしそれを不思議と声だと認識すると同時に、私たちは屋敷の外にいた。

「は⁉」

今放ったはずの魔法の火が目の前にない。コニーさんは混乱と怒りで辺りを見回す。外で待っていた間ずっと見ていた門がすぐ後ろにあり、目の前には屋敷へ続く道。かろうじて敷地内、といった所に立っている。

「今の、転移魔法……？」

混乱のさなか、自分たちに何が起きたのかをラビアルさんが呟く。その呟きをコニーさんが拾った。

「なんの条件もなしに発動なんてあり得ない！」

「とにかく！」

また屋敷へ乗り込んでもおかしくない剣幕のコニーさんだったが、ラビアルさんが大きめの声で意識を向けさせた。

「僕らだけじゃ危険だ。先にバロウさんたちを探そう」

「そ、うだ。そうだね」

冷静になれたのだろう、コニーさんは一度屋敷を睨み、私たちはそこを立ち去った。

屋敷から少し離れ、二人を探すにあたりどこから始めようという話になった。

コニーさんたちはもちろん、リタチスタさんとバロウがすでに帰ったなんてマルビリスの言葉を鵜呑みにはしていない。

「僕たちがいきなり飛ばされたみたいに、あの二人も強制的にどこかへ……。距離が離れているなら戻ってこない説明もつく」

　コニーさんたちは、リタチスタさんが短時間の記憶を頼りに転移魔法を発動できることを知らない。だから、かならずしもマルビリスにどこかへ強制的に転移させられたとは限らないと、私は推測した。

「あの、私とカルデノはここから宿までの道のりを探してみます。カルデノは鼻がいいし二人の臭いが分かるかもしれません」

「分かった。じゃあ僕とラビアルは念のため、あの屋敷の周辺から探してみるよ。僕たちみたいに、案外近くに飛ばされているだけかもしれない。二人が見つからなくても捜索は一時間で切り上げて一度宿に戻るんだ。いいね」

「はい」

　一時間。広く探すとなるとあまりに短い時間だが、もし本当にリタチスタさんが自分から転移魔法を使ったとしたなら、一時間であっても希望はある。見つけられるはずだ、と自分を鼓舞して頷いた。

　二手に分かれてカルデノと丘の道を下る。リタチスタさんが自分で転移魔法を使ったならと私の考えを話した。

「なるほど、それなら宿から歩いて来たのは一本道だ。物陰にいても確かに私の鼻で見つけられるかもしれないな」

「私もできるだけ注意深く探すよ」

「ああ」

私とカルデノはある程度の距離を取って、駆け足程度の速さで周りを気にしながら茂みや木の陰などを調べる。

木の生えている丘の道は草木が茂って、リタチスタさんたちを見つけづらいはず。短時間の間の記憶を頼りに転移したのなら、屋敷の周りか、この丘が一番可能性があるという私の考えが合っていてほしいと願うばかりだった。

「リタチスタさーん！　バロウー！　どこですか聞こえますかー！」

何度か大声で名前を呼んでみるも、広い丘に私の声が響くばかりで返事はない。

「この辺にはいないのかな。そっちはどう？」

「私も同じだ。今のところ何も感じない」

カルデノは立ち止まって、サアーッと吹き抜ける風の先を見た。

「風の流れも影響する。少し風下の方を探すか」

「そうだね」

カルデノの進行方向が変わる。この時点でコニーさんたちと別れてから三十分ほどが経過していた。

闇雲に探すのではダメなのか。丘を探すのはもうやめて、もっと宿の近くを探した方がいいのだろうか。

一人葛藤していたが、それでもまだ諦められない。

もう一度呼びかけようと息を吸ったところで、草が不自然に倒れている箇所を見つけた。

「あれ……」

倒れた草の、大蛇が這ったような跡は舗装道路を外れて続いており、私はゆっくりそちらへと進んだ。

道になったその先で一本の木の陰に、足と橙色の髪の毛が見えた。

「リタチスタさん!?」

バッと駆け出して正面に回り込むと、木にもたれたリタチスタさんが、そしてすぐそばの地面にバロウがうつ伏せに横たわっていた。

「リタチスタさんだ！」

大声でカルデノの名前を呼ぶと、カルデノはすぐに駆け付けた。

「こんなところにいたのか！」

「リタチスタさん？　バロウ？」

私は二人に呼びかけた。

様子がおかしいのは一目で分かった。顔色が真っ白で、呼びかけにもろくに反応しない。目を開けようともせず、リタチスタさんの口には軽く嘔吐した跡もある。

「カエデ、コニーたちと別れてどれくらい経つ？」

「も、もう五十分近く」

「なら先に二人を宿に運ぼう」

「でもどうやって二人いっぺんに運んだらいいか……」

「私が運ぶ」

「一人で平気、なの？」

「二人とも大した重さじゃないだろう。問題ない」

言葉の通りカルデノはまずバロウを右肩に担ぎ、次にリタチスタさんを左肩に担いだ。

「よし、行こう」

「う、うん」

大人を二人も担いで歩けるカルデノには驚いたけれど、ともかく二人が見つかったことに胸を撫で下ろした。

宿に到着してから、ベッドが二つある部屋を借り直して、一室にリタチスタさんとバロウを纏めて寝かせたあと、カルデノには水をもらってきてくれるように頼み、私は二人の汗や汚れを乾いた布で手早くふき取っていた。

リタチスタさんの口の辺りを拭いていると眉間に深いシワを作ったリタチスタさんが、小声で何か言った。

「え？」

ボソ、とまた小さな声。耳を口の近くにウンと近づけて、ようやく言葉を聞き取ることができた。

「なんとか、してくれ。……眩しい」

「眩しい……？」

私は部屋を見渡した。どちらかといえばあまり日当たりの良くない部屋だ。それほど大きくない窓が一つあるだけだし、リタチスタさんの要求が不思議に思えた。

カスミが体全体を使ってリタチスタさんの目を覆うと、少しだけ表情が和らいだ。カーテンを閉め切り、カスミの代わりに目を隠すために布を掛ける。バロウにも同じようにしたところで、カルデノがコニーさんたちと共に部屋へ戻ってきた。

「良かった。本当に見つけられたんだね」

どうやらカルデノから簡単に聞いたのだろう、コニーさんもラビアルさんも、ホッとした様子で二人に歩み寄った。

「この部屋、それに目に掛けた布はカエデが？」

「あ、はい。リタチスタさんが眩しいって言うので。この部屋、元からそんなに明るくもなかったんですけど」

「そう……」

「こんなに薄暗い部屋が眩しいなんて……。毒、ではなさそうだよね。時間経過で治るものだといいんだけど」

ラビアルさんが考える隣で、コニーさんが言った。

「ラビアル、弱体化魔法を使ってみてくれる？」

「えっ、リタチスタさんに？」

弱体化魔法。名前からして何らかの能力を弱くさせることが目的だろうとは思うが、それをリタチスタさんに、と言われてラビアルさんは目を見開いた。

「そうだよ。視覚と聴覚が過敏になってるんじゃないかと思うんだ」

「なるほど……。つまり誰かに過剰な強化魔法をくらったってことかな」

「断言はできないけどね」

ラビアルさんは、リタチスタさんが横たわっているベッド脇に歩み寄り、床に膝立ちをして目を覆う布の上から手をかざした。

「リタチスタさん、弱体化魔法を使いますから、抵抗をかけないでくださいね」

小さく頷くのを確認して、ラビアルさんの手のひらがぼんやりと光を放つ。数秒で、かざしていた手はリタチスタさんの目に掛けていた布を取り払いながら下ろされる。

「どうですか？」

「目は、だいぶいい」

「聴力もですか？」

再度リタチスタさんは頷き、次は耳に弱体化魔法を。

そこでようやくリタチスタさんは目を開けて、薄暗い室内を横になったまま見渡した。

「ありがとう。まだ頭が揺れてるみたいに感じるけど、完全に効果が消えるまでの会話には問題なさそうだ」

「まさか身内に弱体化魔法を使う日が来るなんて思いませんでした」

ラビアルさんは苦笑い。リタチスタさんの小さくて聞こえづらかった声量は元に戻っている。

それならバロウも、と同じく弱体化魔法により、ある程度ではあるが正常な状態へ二人を戻すことに成功したため、次は二人にマルビリスの屋敷で何があったのかを聞くことになった。

屋敷に入ってすぐ、二人は二階の書斎のような部屋へ案内されたという。私たちが爆発をきっかけに向かった瓦礫だらけの部屋だろう。

そこで束になって保管されていた大量の隠匿書を見せられ、どれが自分たちの物かを自分たちで探すようにと、丸投げされたのだそうだ。その中にある白紙に見せかけた隠匿書の数はほんの一部で、見つけるのに時間はかからないだろうと、仕分けしたそれらの中からさらに自分たちの隠匿書を特定して手に取ろうとしたところ、異変が起こった。

「まず目だ。急に目を開けていられないほど部屋が眩しくなって、そして耳。ほんの些細な物音が頭を揺らすくらい大きく聞こえた。自分の声で頭が割れるんじゃないかってくらい大きくて、ただ立っていることすらできなかった」

床に腰を下ろしたところ、頭に何かが触れ、反射的に魔法を放ったのが、私たちの目撃した爆発だったようだ。

「ろくに状況は理解できなかったけど、バロウだけは探り当ててなんとか一緒に外へ逃げたんだ」

リタチスタさんたちに何があったのか把握し、今度はこちらがその後の説明を始めた。

マルビリスが何事もなかったかのように部屋を片付けていたこと、そこにジャナバもいたこと、リタチスタさんが持っていたはずの設計書の半数近くが、マルビリスの手にあったこと。

リタチスタさんとバロウは自分たちの失態だ、とため息を漏らした。

あの屋敷に大切な設計書を持ち込むべきではなかったと後悔する一方で、コニーさんはそうは思わなかった。

「宿に置いておくのは管理できないから危険だし、僕らに荷物を預けられてもこっちが狙われれば同じことだった。結局リタチスタかバロウが肌身離さず持っているのが一番安全だったんだよ。それでも取られたけど」

コニーさんに続き、ラビアルさんも口を開く。

「それともう一つ。マルビリスが僕たちを屋敷から追い出すために転移魔法を使ったんです。条件が何もなく……、いえ、直前に何かを言ったような声ではあるんですけど」

「転移魔法？」

リタチスタさんはゆっくりと体を起こした。

「あれは、何だったんだろう」

「聞いたことがない言葉というか、声でした」

コニーさんとラビアルさんがあれを「声」と表す一方、私は本当にあれは声だったのだろうかとも思った。

「確かに声だなとは思ったけど、でも、ただの音だったような気もするんです」

率直な感想であっても、コニーさんたちはそれを否定せずに聞いてくれた。

「こう、風の音、みたいにも思えませんでした？」

「言われると、確かに音のようでもあった。カルデノは？　あれはどう聞こえた？」

問われたカルデノが耳でピクンと反応した。

「私もカエデと同じく、風に近い音かと思う。ただ、マルビリスが口を動かしていたところを見るとやはり言葉で、余分に空気を含んだ言葉だった可能性はないか？」

コニーさんとラビアルさんはあれを声と。私は声ではない別の音と。カルデノがその中間的な意見を言ったことで、やはりあれは声で、何かしら意味のある言葉ということで落ち着いた。

だから、突然体に異変が起きたリタチスタさんとバロウも当然、その不思議な言葉を聞いただろうと思っていたが、二人はそんな言葉は聞いていないと言う。

バロウがようやくリタチスタさんのように体を起こせるようになり、話に加わる。

「風の音だってなかったし、それどころか、俺が直前に見てたマルビリスは口も開いていなかった」

「なら何が二人に体の異変を……」

言いかけて、コニーさんはアゴに手を当てた。

「ジャナバ。あいつじゃないの？」

「……ない、とは言えないよな」

バロウが言う。

　ジャナバは確かに魔法がからっきしなところを私たちの目の前で見せたし、屋敷の養子たちからの扱いを見ても前から魔法の実力は芳しくないようだったけれど、ジャナバが使える全ての魔法を見たわけじゃない。そして使いこなせているのなら逆に、弱々しい火をたった一瞬燃やすだけのことだってできるはずだ。

「ジャナバは今はいいよ。それよりさ、正直二人がこんな目に遭ったのって、慢心はなかったの？」

　一瞬、部屋がシンとした。

「ちょ、ちょっとコニー！　何言ってるの⁉」

　ラビアルさんがコニーさんの肩に手をかけ、振り向かせた。

「だってそうじゃないの？　ならなんで毒でもなく魔法をくらってんの」

　コニーさんは手のひらに爪が食い込むほど拳を握りしめていて、リタチスタさんとバロウはそんな様子のコニーさんに、何も言えないようだった。

　リタチスタさんやバロウたち本人よりも、ずっとずっと悔しそうで、俯いてほんの少ししか見えない口元にはグッと力が込められていた。

「確かに、俺らは驕ってたよ。油断してるつもりなんてなかったのにこれだ」

　バロウは軽く腕を開き、リタチスタさんと目を見合わせた。

「けど次は絶対に同じ轍を踏むつもりはない」

「当たり前なこと言ってないで、体調を万全にしておいて」

バロウはコニーさんに、ウンと頷いた。

「ラビアル、僕らは街でマルビリスについて詳しいことを探ろう。カエデとカルデノはここにいて、もし万が一ジャナバが来たりしたらとっ捕まえて殴っておいて」

ラビアルさんとカルデノは共に頷き、コニーさんたちはすぐ行動に出た。

部屋には異世界間転移魔法のことを知っている私たちだけが残り、少し聞いてみたいことがあって、私はムズムズしていた。

「何か、話したいことでもある？」

どうやらリタチスタさんに見破られ、肩が跳ねてしまう。

「あ、いえ。大丈夫です。今はしっかり休まないと……」

「いいじゃないか。どうせコニーたちが戻って来るまで暇しなくちゃならないんだから、雑談の話題を提供しておくれよ」

今は体調もほとんど回復したからだろう。顔色だって二人とも悪くないし、それなら、と気になっていたことを口にする。

「その、先天的に魔法を使える人と使えない人って、何が違うのかなって」

使えたとしても、リタチスタさんやバロウのように高い実力を持つ人から、あってもなくても変わらない程度の魔法しか使えない人もいる。その違いはどこから生まれるのか。

リタチスタさんとバロウは顔を見合わせた。

「それは、今なお明確な答えの出ていない研究課題の一つだね。魔法は歴史をどれだけたどっても世界と共にある。始まりはきっと、誰も知りはしないんだよ」

「いろいろ言われてるけど、例えば魔法は魔女が本来持ってた力だとかってのは有名な一説だな」

リタチスタさんの話に、バロウが説明を付け加える。

「あ、だから魔女の言葉とも言われてるんですね」

魔女。魔女といえば私の中で一番の魔女像はリタチスタさんなのだ。でも、『魔女』が現代を生きる人たちと同じただの女性なら、女性はどうして魔法を使えるようになったのか、何かきっかけがあったんじゃないかとも思ってしまう。

「そうだな。その魔女はどうして魔法を使えるんだ？　それに魔女の種族はなんだ、とかって話にも枝分かれしそうだ」

カルデノも同じことを思ったらしく、軽く首を傾げる。

「うーん……、そこもカルデノの言う通り、呼称が魔女になったのには事情があったようでね」

「事情？」

「私は概要しか知らないんだけど、神話時代は魔女ではなく、神が魔法を使っていたとされているんだ」

「……？　なら魔女はどこから出て来たんだ？」

カルデノはさらに首を傾げた。

「下界の存在が神と同じ力を使えていいはずがないって風潮になって、今は魔女って呼称が主流になったのさ」

「でもそれは呼び方が変わっただけで、結局魔女と神は同じ存在ってことですよね」

「だよねえ。私もそう思うよ」

リタチスタさんもバロウも神話や歴史が専門ではないため、本当に大まかにしか知らないようだ。

「あっ、そういや魔女は一つの存在や誰かを指すものじゃなく、自然そのものだとか、自然が形を成したものと言われたりもしてるよな」

「ああ、そうそう。だから基本の魔法は火、水、風、氷、雷って言われてるんだ」

バロウが思い出した内容につられてリタチスタさんもウンウンと、まるで昔の授業内容を思い出して懐かしんでいるかのようだ。

「魔女は自然そのもので、基本の魔法は一番自然に近しい魔法だからってことなんですかね？」

私が言うと二人はそうそう、と声を揃える。

「これは私の憶測なんだけれど、自然そのものが、形を成した魔女を作り出した。基本の魔法だけは使える人が多いのもその辺に理由があるのかもしれない」

いままでたくさんの人の魔法を、目が肥えるほど見て来たってことはないけれど、例えばリタチスタさんは氷魔法をよく使うイメージがあるし、カスミは風魔法、その他の基本の魔法は実際大勢の人が一番使っている。

「あ、じゃあリタチスタさんが物を浮かせたり、ラビアルさんがさっき使った弱体化魔法は、自然的な発生とは遠いですし、使えない人も多いんですか？」

「そうだね。とくにラビアルの弱体化魔法は難しくて、使える人が少ない珍しい魔法だから、重宝されてるんだよ」

なんだかリタチスタさんが得意そうにしていて、魔法を使える者同士、口に出さずともどこかしら尊敬し合うところがあるのだろうと伝わってくる。

「私も疑問があるんだが」

「なんだい？」

次はカルデノが質問を投げかけた。

「陣を必要とする魔法と、必要としない魔法の違いはなんだ？」

「人によって大きく違うね。私やバロウなら割と広い範囲の魔法でも陣を必要とせず使うことができる」

「頭の中で瞬間的に、必要になる陣を作れるかどうかって感じだな」

バロウがピッと人差し指を立てる。

「頭の中で作れたとしても、じっくり考えなきゃできないんなら、紙に書くのと変わらないから意味がないしな」

「なら魔法は暗記か？」

「暗記は必要だな。でもそれ以上に素質は重要だ」

例えば……、とバロウは少し考えた。

「習ってもいないのに本能的に理解して魔法を使えるとか、魔力量が常人より多いとか。俺とリタチスタはこの両方だな。簡単な魔法を少し使える人とはそもそもスタート地点が違うから、アルベルム先生も素質があると認めてくれたってわけだ」

「そしてコニーとラビアルは魔力量が多く、勤勉だ」

さすが、魔力の貯蔵のために呼ばれたあの二人は、魔力量が多いらしい。勤勉というのも、何事にも欠かせない大切な素質と言えるだろう。

ここまで聞くと、漠然としていた魔法というものが、急に目の前で広がったような気がした。

「魔法の勉強って、何を習うんですか？」

「魔法の文字……、ここで言う魔女の言葉を表す約四千の文字の形と意味、それらの特定の組み合わせ、組み合わせがどのような効果を発揮するかの暗記と、同時に簡単な魔法の実技を最初に教わるかな」

「……わあ」

リタチスタさんは平然と言ってのけるが、私はその内容に興味が湧いたものの、あまりに難しそうで、急速に冷めつつあるのを感じた。

「よく使われる文字列さえ暗記すれば何とかなるものだよ」

「って、それでも四桁あるだろ。本格的に魔法について学ぶとなると座学で挫折する奴も多いって聞くし」

「ええ？　でもそんな奴を私はめったに見たことなかったけどねえ」

「そりゃ、俺らの周りは先生に認められた優秀な人が多かったからな」

「な、なるほど……」

リタチスタさんとバロウの会話から、魔法はただただ手放しで便利なものと言えるのではないと思い知らされた。

「新たな言語を一から学ぶようなもの、ですね」

「はは。でも本格的に学ぶなら、と言っただろう？　そんな苦労をしないため、誰もが気軽に扱えるようになるために魔法が込められた道具という物が存在しているんだよ」

「あ、晶石とかがそうですね。魔法が使えなくても基本の魔法を放つことができるから、とてもたくさんの人が使ってますし」

「そう。他にも家で使える物、冒険に役立つ物、私のこの帽子だって魔法を込めた魔法道具だろう？　より良い世の中に貢献しようと難しい勉強をしてる人もいるってわけさ」

リタチスタさんは冗談気味に胸を張ったけれど、素直に素晴らしい人なのだと改めて思わされた。私が何も言わず素直に聞き入っていたからなのか、リタチスタさんが逆に居心地悪そうというか、照れくさそうに口を曲げた。

「あと、もう一ついいですか？」

「もちろん」

「さっき、本能的に理解して魔法を使えるって言ってましたけど、それは生まれた時からすでに魔法文字のいくつかを理解しているってことですか？」

「まあ、そうかもね。私もそうだったけれど、漠然と分かる文字があったり、一度目にするだけで理解できる文字が存在するんだ。人によってその数はまるで違う」

「それってなんだか、マルビリスが屋敷で言ってた魂に魔女の言葉が存在するって話と繋がりを感じますね」

シンと、室内が静まり返る。

「もしかして」

沈黙を破ったのはバロウ。

「カエデさんたちが聞いたマルビリスの不思議な声って、『魔女の言葉』だったって可能性はないか？」

「まさか」

リタチスタさんは、それをすぐさま否定した。

「魔女というものが実在したかどうかもわからないのに、文字しか存在しないものがどんな発音かなんて誰が知ってる？」

「それはそうだけど、ジャナバが言ってたよな、頭の中深くにある魔女の言葉の記憶って」

言葉の記憶。つまり文字だけでなく、それらがどんな音として発せられていたのかを知る手段ではないか、とバロウは言う。

これはあくまで魔女が存在していたことを前提にした話なので、こちらとしては話半分にしか聞くことができない。

「カエデたちも、陣もなしに転移魔法で飛ばされていたと言ってたから、マルビリスの使った不思議な言葉と魔女の言葉は無関係だと簡単に否定することはできない……」

でも言葉一つかあ、とリタチスタさんは天井を見上げた。

「そんなもので大きな魔法を扱えるんだとしたら、正しく詠唱じゃないか」

「詠唱？」

何かを唱えて魔法を発動させる、ということだろう。確かに魔法を使うとき、何かを口に出している人は見たことがなかった。

つい口から出た疑問にバロウが答えた。

「たまに初心者なんかが取る手法なんだ。今から炎の魔法を使うぞと自分に言い聞かせて頭の中でぼんやりしている魔法の精度を上げるみたいにね。それ自体は杖で命中させる的を指したりするのとなんら変わらない効果で、言葉自体に力があるわけじゃない」

「だからって言葉自体に力がある詠唱も存在しない。なぜなら魔法に必要不可欠な魔女の言葉は、形と意味を覚えられたとしても、どんな発音なのか誰も知り得ないからね」

時代が変われば言葉も変わるものだ。もしも本当に魔女が存在したとして、神話の時代までさかのぼったなら、どんな奇天烈な発音だったとしてもおかしくないだろうと、リタチスタさんは言う。

そして、カルデノの頭の上でぼーっと話を聞き流しているカスミに目を向けた。

「そういえば、自然そのものが形を成すというなら、妖精と魔女は近しい存在なのかもしれないね」

「?」

突然自分が話題に上って、カスミはキョトンとしていた。

「花のつぼみ、つむじ風、水の王冠、氷の花、落雷。妖精はそう言った自然から生まれるだろう？」

「そうなんですか⁉」

私は驚いて、食い気味に声を上げてしまった。そもそもカスミも私と同じくらい驚いて大きく口を開けてしまっている。

「ほんの一例にすぎないんだろうけれど。所説ある魔女の存在と、かみ合う部分があるように思わないかい？」

私はカスミに目を向けた。

「カ、カスミ、絶対にマルビリスに見つからないようにしようね」

カスミもカルデノの髪に隠れるように頭の上で這いつくばり、何度もコクコクと頷いてみせた。

「あ、俺も少しカエデさんたちに聞きたいことがあるんだけど、ジャナバがあの後どうしたかって、分かる？」

バロウが小さく手を挙げる。

「ジャナバなら、マルビリスと一緒にいましたよ。ずっと俯いてて、様子は分からなかったんですけど」

「そうか……」

考え込むように腕を組んでしまったので、リタチスタさんが待ちきれないように声をかけた。

「何が気になってるんだい？」

「ん、ああ。マルビリスは孤児を引き取ってるって言ってたろ。才能を見抜いてって。多分あの屋敷にいたのはそれなりに才能に恵まれた奴らだと思うが、きっと魔女の言葉を収集するためだ。慈善じゃなくてな」

ふむ、とリタチスタさんは相槌を打つ。

「じゃあなんでジャナバは世話になってたんだと思う？　なんの繋がりで？　聞いたろ、ジャナバが基本の魔法も使えないって言われてたの。そんな魔法ダメダメなヤツなのに、なんであそこに身を置くことができたのか、って違和感があってな」

バロウの言う通り慈善ではないなら、マルビリスは打算や自分の利益だけを求める人で、そうなれば確かになんの得にもならないようなジャナバを気にかける必要はない。

だというのにジャナバがあそこに身を置けていた理由。

「つまり、ジャナバは魔法がしっかりと使えることを、マルビリス以外には隠していた？」

「俺はそう思ってる」

リタチスタさんの言葉に頷きながら、バロウはさらに続ける。

「で、俺ら二人で書斎に行った時はマルビリスの不思議な声は聞いていない。魔法を使っ

た様子もない。ならば考えられる可能性として、あの場にもう一人いたジャナバが俺らに魔法を使ったって考えるのは自然だろ」

リタチスタさんは数秒黙りこみ、バロウの言うことを咀嚼してから言った。

「ありえる。カエデたちはどう？　何か気になるところはなかった？」

「え、私たちですか？」

「ああ。私たちが逃げ出した後のマルビリスとジャナバの様子について」

「んー……」

マルビリスは静かに部屋を片付けていた。それをジャナバも手伝っていたものの、私たちが来たことに気付くとすぐに俯いてしまったのだった。

そこに違和感や気になる部分があったかと聞かれれば……。

「そういえば、屋敷の中へ入る時コニーさんが扉を壊す勢いでノックしたんです。その後出てきた養子の少年とも揉めて、あの声量なら二階にも聞こえてただろうに、マルビリスは一階へ下りて来ようともしてませんでした。とても落ち着いた様子で」

「だな。爆発があった後一階で騒音と養子の声が聞こえて、呑気に破壊された書斎の片付けなんてするヤツは少ないだろう」

カルデノもそう言うので、バロウはやはり、と確信を持つのだった。

「多分マルビリスにとって、養子たちは我が子の括りに入ってないんだろう」

「魂さえ無事ならどうでもいいって？」

リタチスタさんは呆れた様子で言った。養子たちの体がどうなろうが、という意味だろうか。

「あ……。でもマルビリスは、コニーさんの魔法からちゃんとジャナバを庇ってました」

こう、自分の背後に隠すみたいに、とカルデノの前に立ってジェスチャーする。

「庇うねえ……」

リタチスタさんが呟き、そこで一旦会話が途切れた。

最初は雑談のつもりだったのが今となってはマルビリスとジャナバの思惑を考察するまでになってしまった。

ここら辺で、何か小腹を満たすものでも買ってこようかと私が椅子から腰を上げると、リタチスタさんが口を開いた。

「どの道ジャナバは信用できない。ここでの会話だって聞かれていてもおかしくない」

「なぜだ？　近くにいるのか？」

カルデノがたずねる。リタチスタさんは首を横に振った。

「そうじゃない。私たちにあれほどまで過剰な強化魔法を施したということは、もちろん自分にも強化魔法は使えるだろう？　例えば聴力を強化して離れた位置から盗み聞くってことも可能さ」

私は自然と、どこからか覗かれている気分になって口に手を当てた。

「それなら辻褄が合うだろう？　キミらがコニーたちと買い物に出かけた時、偶然真後ろでジャナバが倒れたことにコニーが気が付いた理由も、偶然同じ宿の食堂で出くわしたのも」

ジャナバが、自分が倒れる瞬間だけコニーさんへ強化魔法を使ったなら、異変に気付いて辺りを見渡したり、後ろで倒れる音を聞いて振り返ることができたはず。

使っていた宿が同じだったのも、密かに会話を聞いていたなら可能なはず。

たった千タミルの差で競り合いを諦めたあの男だって、行動に説得を持たせるためにジャナバが用意していたと考えれば、なるほど、ジャナバの行動は最初から怪しいものばかりだったのだと思える。

「じゃあ、ジャナバは最初から、私たちをカーペランへ連れて来ることが目的だったってことでしょうか」

「それが自然だと私は思う」

どのように隠匿書を手に入れたのか、なぜ回収しているのが私たちだと気づいたのかは定かでないが、カーペランへ連れてきてマルビリスと接触させるところまでもがマルビリスからの指示だとすると、ジャナバを有益な存在として使役していることになり、それを他の養子たちは知らない様子だった。

ジャナバを信頼してジャナバにだけ出した指示だとすると、マルビリスは相当信頼を寄せているわけだ。

「で、見事屋敷に招き入れてジャナバの魔法で身動きを封じたと思ったが、残念ながら逃げられたってわけだな」

カルデノが言う。

「設計書を取り返すためには、マルビリスに言われた通りまたあの屋敷へ行く必要がある。だが屋敷にはジャナバがいるだろう。また同じ轍を踏むだけじゃないのか？」

「……攻撃魔法と違って、身体や精神に影響を与える魔法というのは発動を感知しにくいんだ」

カルデノのジャナバを警戒する質問に、リタチスタさんは落ち着いた様子で答える。

「例えばラビアルは視覚的な感知をさせず敵を陥れることができる弱体化魔法を使うけど、その手の魔法は私やバロウを含めていくら優れた魔術師であっても、視覚情報の少ない魔法を防ぐことは難しい。逆に言えば来ると分かっていれば防げるのさ」

強化魔法や弱体化魔法は、物理的な攻撃を防ぐ盾のようなもので、魔力抵抗を高めるという方法があるらしく、それさえ準備できれば怖くはないと言う。

ラビアルさんやジャナバのような、誰かの能力を上下させる魔法を使える人はそう多くない。自分の体でさえ強化の調整は難しいうえ、他者の感覚が掴めないため、仲間の手助けなどなおのこと。

弱体化も程度が分からなければ危険が伴うため、適切に弱体化魔法を使えるラビアルさんは仲間にも頼りにされる存在なのだそうだ。

そのため、リタチスタさんとバロウが警戒していたのは、視覚情報に頼り切ったものばかりだった。

防げるものなら常に魔力抵抗を高めていればいいのでは？　と思ってしまうのは当然のことで、けれどリタチスタさんとバロウは揃って首を横に振った。

「常に筋肉を硬直させるようなもので、とても長時間続けることはできないんだよ」

「じゃあ、またジャナバが来た時も今回と同じことになってしまうんでしょうか」

「いいや。そうはさせないさ」

リタチスタさんはにこりと笑った。

第六章　死霊

　その日、日が沈んだころにコニーさんたちは戻ってきた。

　私たちはリタチスタさんとバロウに付き添っていたため、二人が戻ってきたことで自然と全員が集合する形となった。

「街の人たちからいろいろ聞けたよ」

　別の部屋から椅子を持ってきてコニーさんたちにも座ってもらい、調査結果が伝えられる。

「マルビリスは二十年近く前からここに住んでて、ジャナバが言っていたように、孤児院から何人も子供を引き取っては育ててるみたいだね」

「うん？　そのわりにあの屋敷にいる養子の数は少なくなかったか？　今まで何人引き取ったんだ？」

「今はジャナバを含めて五人と暮らしてるみたいなんだけど、里親が決まりにくい、病気で体が弱い子を進んで引き取ってたみたいなんだよね」

「はあ？」

バロウは口を半開きにして、心底理解できないというような表情で声を漏らす。

「じゃあ孤児院から病弱な子供を選んで、その中からさらに魔法の才能があるのを養ってるってことか？」

「住人の話とジャナバの話を総合するとそうなるけど、あの生意気そうな養子たちが病弱に見えた？」

「見た目だけでは分からないって場合もあるだろうから何とも言えないけど、まあ見えなかったな」

「でしょ」

それともう一つ、とコニーさんは人差し指を立てた。

「ジャナバのことをよく覚えてる人に聞いたけど、あいつも六歳ころに引き取られてからずっとあの屋敷で暮らしているらしいよ」

「六歳から？　てっきり……」

ではもう引き取られてから十年以上も経つことになる。

ジャナバが自分について言及した時、世話になっていると確かに言っていたが、自分も孤児院から引き取られたことや、幼い頃から一緒に生活していたことは微塵も感じさせなかった。真実に混じった微量の嘘に、違和感も感じなかった。

「そう。ジャナバは完全にマルビリスの手足ってこと」

「なら、マルビリスが欲しがるほどの能力があったということだね。なぜ他の養子たちはジャナバを無能扱いしていたのか……」

リタチスタさんは口を覆うように手のひらを当てて考え込んだ。

「なあコニー、他の養子たちがいつ引き取られたのかは分かるか？」

バロウが言うと、コニーさんは小さく頷いた。

「全員、この五年以内。ジャナバだけが病気を克服して、長いことあの屋敷にいるってさ。年に一人、多ければ三人とか引き取ることもあったらしいけど、ジャナバ以外は他の所へ引き取られたり、病気で死んでしまっている」

「なぜジャナバだけは、ずっと手元に置いてるのかな。他の養子はすぐにいなくなるっていうのも不気味だなあ」

「あ」

コニーさんが思い出したように声をもらした。

「不気味って言えば、リタチスタとバロウは、初めて見た時、ジャナバに変な違和感を感じなかった？」

「違和感？　そりゃどんな？」

リタチスタさんは未だに考え込んでいて、あまり答える気はなさそうだ。

「それが、どうして違和感を感じたのか自分でも分からなかったんだけどね。違和感と言うより不快感、かな。二人はそんな感覚はなかった？　ラビアルは何も感じなかったみたいで」

ラビアルさんはジャナバの顔を思い出しているのか、宙を見上げた。

「本当に些細なものではあったんだけど」

道端で倒れたジャナバに対するコニーさんの態度を思い出したが、ひょっとしてあれはその違和感から離れようとする防衛的な行動だったのだろうか。

「そうだ、資料庫にゴトーがいるでしょ。ゴトーと違って死霊でもないのに、人の気配から少しずれたところにあるっていうか……。いや違う、ええと……」

自分が感じた違和感。しかしそれを正しく言葉として伝えられないもどかしさから、コニーさんは歯ぎしりをした。

「その違和感は、恐らくだけれど私も感じた」

ずっと何かを考え込んでいたリタチスタさんが、突然口を開いた。

「え、ほんと？」

「コニーが感じたものと同じかどうかは分からない。何せその違和感を最初に感じたのは、過度な強化魔法を受けた時だったからね」

「それで、その違和感って？」

バロウは答えを急かした。

「魔力が二つ感じられた」

「二つ？」

バロウはリタチスタさんの言葉をオウム返しする。

「二人で一つの強化魔法を発動させるなんて聞いたことない。それなのにあの時の過度な強化魔法には二つの魔力を感じられた。それも片方は微量、それこそバロウが気付かないほどのね」

「そっ、そうだ、僕の感じた違和感もリタチスタの言うものに間違いない」

自分の感覚を一つ残らず代弁されたのか、コニーさんは何度も頷いて肯定した。

「いやしかしですよ、それならジャナバが魔力を二つ、つまり二人分持ってるってことになりません？　有り得ないですよそんなの」

「魂と肉体が別人ならどうだろうか」

ラビアルさんの意見を、リタチスタさんは新たな意見で塗り替える。

「魂と肉体が、別人……？」

「もしくは一つの肉体に魂の混在。これは死霊が人に取り憑けば有り得ることだ。現にマルビリスはなぜだか魂へ干渉する方法を知っているようだしね」

「じゃあ、皆さんはその、魂への干渉っていうのが、簡単にはできないってことですか？」

コニーさんは緩く左右に頭を振った。

「簡単になんてものじゃないよ。できるわけないんだ。数少ない死霊使いでさえ、魂への干渉は冒涜と言われて研究なんて全く……。あ」

全員の時間が、一瞬止まった。

「死霊使い」

リタチスタさんが呟いた。

「まさかマルビリスは死霊術を……？」

「死霊使いって、なんですか……？」

私は、話の腰を折ることにならないだろうかと、恐る恐る質問してみる。答えてくれたのはバロウだった。

「死霊使いってのは、名前の通り死霊を使役する魔法を扱う魔術師のことだよ。死霊が魔物扱いされてるとはいえ、安らかに眠るべき魂を徒に扱う忌むべき魔法だってことで、詳しい死霊術の情報はほとんど残されてない」

「じゃあ、マルビリスはどうやって死霊術を身につけたっていうんだ？」

続くカルデノの問いには、リタチスタさんが答える。

「私たちが生まれながらに魔法を理解していたように、マルビリスも生まれながらの死霊使いなんだろうさ」

「そうだとしても、魂を混ぜるとか入れ替えるとか、可能なんでしょうか」

ラビアルさんはリタチスタさんに疑問をぶつけた。

「確かなことは分からない。けれどジャナバの魔力が他と混じっていたのは事実だ。肉体と魂が別人なら死霊使いの分野だろうし、肉体も魂もジャナバのものなら、微量に混じっていた魔力は死霊術をすでに使っているマルビリスのものとも推測できる」

「いずれにしろ、ジャナバはマルビリスから死霊術で何か影響を与えられている、ということですね」

それを聞いて、次にコニーさんが言う。

「それじゃあ、マルビリスは今まさにジャナバを使って実験でもしてるってことになるのかな」

私はゴクリと生唾(なまつば)を飲み込んだ。

「マルビリスが死霊使いだと、つまり、何が起きるんでしょうか？」

「マジで魂を引っこ抜く手段を持ってるかもしれないってこと」

コニーさんは焦りと困惑が混ざった様子で、小さく両手を広げた。それにリタチスタさんが付け加える。

「それだけじゃない。ほとんど未知の魔法と言える死霊術への対策方法も分からないのだから、不安も付きまとう」

「どうするの？　設計書は絶対に回収しなきゃならないのに、屋敷には下手に近寄れないうえ、マルビリスは陣なしで大掛かりな魔法を発動することができる……」

「落ち着けコニー」

静かな声ながら、コニーさんはバロウに言われて、ギュッと口を結んで黙り込んだ。

「死霊術については判断材料が少なすぎるから一旦置いとくとして、もう一つの方、マルビリスが陣もなしに大掛かりな魔法を発動させるってのは、普通に考えれば特定の条件下のみ。その条件を知れればな」

「魔女の言葉を使えるのかもしれないって話はどうなりますか？」

私が言うと、バロウが続けて答える。

「死霊使いである可能性が高い今、魔女の言葉なんかより死霊術の一つであると考える方がよっぽど現実的だろ」

「魔女の言葉を……、え、なんです？」

ラビアルさんが首を傾げたため、コニーさんとラビアルさんが街でマルビリスについて探っている間に、私たちが交わした『魔女の言葉』についての会話を軽く説明した。

「なるほど……」

ラビアルさんは言いながら腕を組んだ。

「まあとにかく、分からないなら聞くしかないよね」

リタチスタさんの言葉に、全員首を傾げた。

「聞くって、誰にだよ」

「そりゃあ、あの屋敷の養子たちにさ」

どうやって屋敷の養子たちに接触するかというと、方法は至ってシンプルで、買い物に出るまで待ち伏せをするというもの。

籠城（ろうじょう）しているわけでもない、それに五人が生活しているならば、小まめに食料や日用品を買いに絶対外出するはず。

私たちは朝から晩までその時を待つのだった。

屋敷が存在する丘は、森とは違ってそれほど木の密度は高くない。一人か二人くらいなら隠れることもできるだろうが、こう大人数になると、見つかってしまうのではないかと心配になった。

しかし、リタチスタさんとバロウは自分に対してなら強化魔法を使えるとのことで聴覚や視覚を向上させ、いち早く向こうの気配を探ることができるため完全に二人に任せる形になった。

夕方の四時半。ちょうど懐中時計で時間を確認した時、チャンスが訪れた。

「来た」

リタチスタさんが言うのと、カルデノの耳が動いたのは同時だった。

まだ私の視界には捉えられていないが、確かにこちらへ近づいているようで、指示が出される。

「カルデノとラビアルは前方で道を塞いでくれ。私は背後へ回って捕まえる」

ラビアルさんは必要に応じて弱体化魔法を、カルデノは万が一彼らに逃げられた時に追いかけるため選ばれた。

私の視界にも養子の一人が映った。それからさらにこちらへ近づいてきて足音も聞こえてくる。けれど向こうはまだこちらには気づいていないようで、カルデノとラビアルさんが一気に養子の目の前へ飛び出した。

「あ！　お前らまた来たのか⁉」

どうやら初めて見る十五歳ほどの少年だった。こちらの顔を知っているということは、以前のやり取りをどこからか見ていたのだろう、顔が明らかにこわばっている。

そのタイミングで、リタチスタさんは足音を立てないように地面から数センチ浮いて、少年の視界に映らないように迂回を始めた。

「む、無駄だぞ！　マルビリスさんには会えないからな！」

「なぜだ？　一度は屋敷へ招かれたぞ」

カルデノの質問に、少年はギユッと口に力を入れた。

「で、でかいからって俺を、俺を脅せると思う、なよ……！」

「脅す？」

カルデノはいたって普通に片足へ体重を乗せるように立っているだけだし、威圧的な態度を取っているわけでもない。無表情ではあるが睨んでいるわけでもない。どうやら少年にとって恐ろしく感じられただけのようだ。

「ふふっ」

隣に並んでいたラビアルさんが笑うと、カルデノは静かに息をついた。

リタチスタさんが少年の背後へ回り、後は距離を詰めるだけになった。

「私は脅してるつもりはないが……」

カルデノの目が少年の背後へ向けられる。少年はハッとして体ごと振り返ったが、その瞬間、リタチスタさんが少年を羽交い絞めにしてしまった。

「捕まえた。さて、いろいろと話を聞かせてもらおう」

バタバタと暴れていたものの抵抗むなしく、屋敷へ続く道から逸れた場所へと連行された。

よく知りもしない人間に囲まれた恐怖からだろう、少年は拘束を解かれてもろくに声を出せないようだった。

「な、なんっ、おれ、おれに……」

地面に低く身を伏せて、頭を両手で守っている。

「カエデ、自白剤を」

まるでそんな少年など目の前にいないような振る舞いで、リタチスタさんが片手をこちらへ差し出した。

「あ、はい、どうぞ」

すぐにココルカバンから自白剤を一つ取り出し、そっとリタチスタさんの手に載せる。

「キミ」

「ふぇっ」

少年は、すぐ横に屈(かが)んだリタチスタさんの顔を恐る恐る見上げた。

「助かりたいかい？」

「た、たすか、たい。い、いたいの、は……」

自分を守る手は小刻みに震えている。

「そうか、なら話が早い。これを飲んでほしいんだけれど」

そう言って、少年の目の前に自白剤を差し出す。どうやら私とリタチスタさんのやり取りが耳に入っていなかったようで、キョトンとしてそっと頭から両手を下ろす。

「なんの、薬？」

「死ぬようなものじゃない。痛みもないさ」

明確な答えは与えなかったけれど、少年は自白剤を小刻みに震える両手で握りしめるように受け取って、意を決したように飲み干した。

数秒後、体を硬直させていた少年は、恐れていたような不調が体に現れなかったからか、ホッとしていた。

「ほら、言った通り死んだりしないだろう？」

リタチスタさんは少年を安心させるためなのか、笑顔だった。

「う、うん。でも、なんだか眠い、ような……？」

それっきり少年はぼんやりと目を据わらせ、クラクラと頭を揺らしたところで、リタチスタさんは少年の体を支えた。

「よし、うまく効いた」

質問に答えることができたため、最初の質問に入った。

「マルビリスは今どこにいる？」

「イバネの孤児院」

「こんな時だってのに、俺たちを警戒するよりも孤児院に行くことを優先したのか」

バロウの呟き（つぶや）を質問ととらえたらしく、少年は答えた。

「イバネの孤児院は決まった日に行かないと、信用がなくなっちゃうんだ」

「……信用がなくなるとどうなるの？」

コニーさんの質問には、分からない、と返ってきた。

理由は分からないが、イバネの孤児院からの信用は、設計書を取り戻そうと再度やって来るであろう私たちを放っておいてまで行かなければならないほど、大切なものらしい。

「イバネの孤児院からマルビリスが戻って来るまで、どれくらいかかる？」

さらにリタチスタさんは質問を続ける。

「いつもバラバラだから分からないけど、でも明日、かも」

「ジャナバはどんな魔法を使える？」

「あいつは基本の魔法もろくに使えないんだ。ろうそくの火の方がマシで、手うちわの風の方が涼しくて、指先が湿る水なんて本をめくるくらいしか役に立たないって、それなのに能力で価値を付けるマルビリスさんがあいつに優しいのは変だって、兄弟たちもいつも言ってた」

やはり養子たちはジャナバが強化魔法を使えることを知らないらしい。それでいて能力を重視するはずのマルビリスが、無能なジャナバには優しさを見せることが本当に許せなかったのだろう、無意識に少年の眉間には深いシワが刻まれていた。

「マルビリスは、言葉だけで魔法を使える？」

「使えるけど、全部じゃないし、どこでもじゃない」

特定の条件下のみ。バロウの予想が当たった。

「じゃあ使える言葉と場所は？」

「屋敷の敷地内だけ。地下室に置いてある死霊と意思の疎通ができる距離が、ちょうど敷地内くらいらしいから。使える言葉はいくつかあるようなことを聞いたけど、転移魔法しか知らない」

「わざわざ屋敷の中へ誘ったのは、敷地内にリタチスタたちを入れたいがためだったってわけね」

コニーさんが呟く。

「にしても、やっぱり死霊使いだったんだね。地下室に死霊を置いてるなんて……」

コニーさんとラビアルさんは、質問の邪魔にならないようにヒソヒソととても小さな声で会話をしていた。

死霊と交流できる距離でのみ、少ないが言葉だけで魔法を使える。それも死霊術の一つなのだろうか。

地下室に置かれている死霊さえどうにかできれば、マルビリスが戻って来たとしても脅威が一つ減る。

ならと、とリタチスタさんの次の質問が決まった。

「その地下室へは、どう行くの？」

「知らない」

「知らないだって？　地下室があることは知ってるのに一体なぜ？」

「今は死んじゃったけど、兄弟たちは地下室へ行ったから屋敷にいられなくなったんだって、他の兄弟から聞いたことがあるから、こわいから、知らない」

「………」

質問が止まる。リタチスタさんは一瞬言葉を失ったようだった。

「マルビリスは、地下室で何を……」

「んん、う……」

少年の混濁した意識の中に、正気が戻りつつあった。

リタチスタさんは支えていた少年を地面に横たわらせ、ロープで彼の体を縛る。

「これ以上は無理か」

「自白剤は連続して大量に使うことはできない、ましてこの子はまだ少年だ。今聞き出せた情報だけでも良しとしよう」

「ああ。それでどうする？　今ならマルビリスが屋敷にいないから設計書を取り戻すチャンスだと俺は思うけど」

バロウの言葉にリタチスタさんは頷(うなず)いた。

「行こう。でないと設計書があるかどうかすら分からない」

マルビリスがいない今が絶好のチャンスだった。

私たちが再び屋敷へ姿を現すことを予期して設計書を持ち出しているかもしれないが、結局は自分たちの目で確かめる必要がある。

「それに、地下室の存在だって無視できない」

今設計書が見つからなければ、次はマルビリスに堂々と挑む必要がある。だからマルビリスの奥の手を封じなければならない。

「ここの部屋にもそれらしいものはないな……」

カルデノが机の引き出しをひっくり返しながら言った。

屋敷へ乗り込んですぐ、養子たちがこちらの侵入を止めようと立ちはだかったのだが、ラビアルさんが軽い謝罪の言葉で気を逸らして弱体化魔法を使用。全員が一斉に前後不覚になった瞬間に用意していた縄で縛り上げ、そのまま廊下の真ん中へ放置してすぐさま設計書の捜索が始まった。

私とカルデノ、コニーさんとラビアルさんで一階の両端から徐々に。リタチスタさんとバロウが二階、三階の捜索を始めたのだが、まだ屋敷のどこからも見つかったと声は上がっていない。

「次の部屋に行くか」

「うん、そうしよう」

本棚の中まで探すために抱えていた数冊を戻し、一旦廊下へ出る。板張りの床なので足音が響いた。

「さっき捕まえた養子たちの中にジャナバだけいなかったけど、もしかしてどこかに隠れてるのかな」

「もしそうなら誰かが見つけるだろう。マルビリスと孤児院に向かったという線も捨てきれないが」

カルデノが隣の部屋の扉を開ける。どうやら誰かの個室のようで、八畳ほどの広さにベッドや机、本棚にテーブルと、生活感がありながらも整頓されているが、カルデノは遠慮なしに踏み込む。

これも設計書を探すため、と罪悪感がむくむくと膨らむ心を押さえつけ、カルデノに続いて私も部屋へ踏み込み、机の引き出しに手をかけた。

どれだけ探してもなかった。

次の部屋にもない。

その次の部屋にも設計書はない。

そうして次々と部屋を移っていくと、やがてコニーさんとかち合った。どうしたわけか、ラビアルさんは一緒ではないようだ。

「あ、そっちはどうだった？」

コニーさんは浮かない表情だ。

「いえ、なかったです」

「んー、そっか」

ハの字形に垂れた眉と、調子の下がった声から察するに、どうやらコニーさんたちも設計書を見つけられなかったようだ。

「ところでラビアルさんは？」

「ああ、ラビアルは先に二階に行ってもらった。僕はキミらと合流しに来たんだ」

「そうでしたか」

「一階はこれで終わったと思うから、リタチスタたちのところへ行こうか」

「はい、分かりました」

二階は、爆発で崩れた部屋がそのまま残っていた。そこを通り過ぎてもう少し奥の部屋へ行くと、リタチスタさんとバロウの話し声が聞こえてくる。

階段を上って廊下の突き当たりにある部屋の開けっ放しの扉の奥に二人と、先に来ていたラビアルさんの姿が見える。

何か見つけられたのだろうかと駆け足で部屋に飛び込むと、難しい顔で腕を組んでいたリタチスタさんがこちらを振り向いた。

「あ、そっちはどうだった？」

「私たちも見つけられませんでした。リタチスタさんたちはどうですか？」

「残念ながら。本棚の裏や屋根裏まで探したんだけれどねえ」

「僕らは暖炉の灰の中まで探したよ」

そういえばカルデノも絨毯(じゅうたん)を捲(めく)ってまで探していたっけな、と自分の甘さを認識してしまい、探し方に不安を覚えた。

「それで、どうして未(いま)だにこの部屋を探してるの？」

他にあった個人の部屋よりも広い。ベッドと机は部屋の隅に固めるように置いてあって、残る十畳ほどのスペースは無理やり本棚を詰め込んだように窓もなく、足の踏み場は塔になった本に浸食され、快適な空間とは言い難い。

とっくに二階と狭い三階は探し終えてて、それでもこの部屋に残っていたというリタチスタさんとバロウ。

「屋根裏まで探したって言ったろう？　三階は屋敷の一部だけだから屋根裏まで探すようバロウに頼んだんだ。私もそう言った手前、この部屋を調べたら天井板が一部だけ外れていてね、その中でこれを見つけたんだ」

腕を組んでいて見えなかったけれど、リタチスタさんは片手に小さな本、いや手帳のようなものを持っていた。

使い込まれた黒い革張りの、手のひらよりも少し大きい手帳だった。私たちは中を確認するため、自然と輪になった。

「中身は恐らく養子のことだ」

表紙を捲り、一ページ目。

イバネ。マリー。七歳。臆病。

魔力量良好。魔法良好。

「イバネ……、って確か孤児院があるって言ってた。今まで引き取った子供の記録、かな。でも……」

コニーさんは眉間に深いシワを作りながら、寒気から自分を守るように二の腕をさすった。

「何年前の記録か分からないけど、少なくとも今の屋敷に女の子はいないよね」

「そう。ここにはジャナバの記録もある」

パラパラとページを飛ばし進め、ここ、とページが開かれる。

イバネ。ジャナバ。六歳。素直。

魔力量良好。魔法不良。

「これを見る限り、ジャナバは本当にろくに魔法を使えないってことだろう」

「ならホント、なんでマルビリスはジャナバを選んだんだろうな。他の子供も、魔力量が低いにしても、魔法は良好ばっかりなのに」

不良というのが、使えはするが役に立たないとか、種類が少ないとかって意味なら、どうしてジャナバは強化魔法だけを完璧に使えるんだろうという疑問が湧く。

それを聞いて、魔法を使える全員が考え込んでしまった。

「実はジャナバは本当の息子、とか？」

ラビアルさんが言った。

「ありそうだけど、じゃあなんで普通に息子として育てないわけ？　だから他の養子にいじめられるわけでしょ」

コニーさんのもっともな意見に対する反論もなく、それもそっかと、息子説はなくなった。

「というかさ、屋敷をしらみつぶしに調べたけどジャナバはどこにもいなかったよね」

「ハハ、地下室にいたりしてな」

コニーさんとバロウが言うと、リタチスタさんは手帳をパタンと閉じた。

「どこに地下室があるか探さなくちゃね」

その一言で、今度は地下室へ続く通路を探すために再び屋敷を捜索することになったのだが、そもそも設計書を探すために皆、相当念入りに屋敷の中を見ている。それでも怪しげな扉も廊下もなくここまで来たのだから、入り口は中ではなく外にあるのではないか。

そう睨んだリタチスタさんは、コニーさんとラビアルさんと一緒に外へ出た。

屋敷の中は、私とカルデノ、バロウで探すことになったのだが、バロウはとりあえず一階に下りたあと、屋敷の入り口付近の方を調べると言って、階段のところで別れることになった。

私とカルデノは階段の奥を調べるため、廊下の突き当たりから入り口に向かってもう一度部屋を調べ直すことにした。

「ん？」

「あれ、カルデノどうかした？」

「シッ」

カルデノは口に人差し指を当て、口を閉じるように指示した。私は黙って口を閉じ、カルデノは視線を巡らせると、何かを探す動きをした。

少しの間立ち尽くしていたカルデノがゆっくりと歩き出す。

床が板張りなので、足音が響かないように忍び足だ。それに倣って私もゆっくりと歩き、カルデノを追った。

私には、屋敷の中はシンとした空間に感じられるのだがカルデノは違うようだ。気を張り詰める。

ウロウロと歩き回ったが、やがてカルデノは、廊下の突き当たりの窓の前で立ち止まった。

ここまで来るとようやく、私の耳にも小さな物音が聞こえた。

「ここだ。何か妙な音がするんだ」

「音？」

「ああ。多分下から、この辺に地下室へ通じる扉でもあるのか？」

床に向かって耳をすませる。

ドン、ドン、と何かを叩く音はどうやら下から聞こえるようで、カルデノと顔を見合わせる。

「皆を呼ぼう」

私たちと同じく屋敷内にいるバロウを連れて私が音のする辺りへと戻る間に、カルデノは外へ出たリタチスタさんたちを呼びに行った。

バロウも音を確認した。そして音の原因が何かはともかくとして、近くに地下室へ続く入り口があるはずだと探し始める。

ジッと床を観察してみたり、壁を押してみたり、近くの部屋に入ってみたり。けれどどこにも地下室に続きそうな場所はない。

「参ったな。どこだ？」

ため息をつきながらバロウは突き当たりの窓を開けた。大きく外へ両開きした先に、ちょうどリタチスタさんたちが姿を現した。

「あ、リタチスタ。お前もこっちに来たか」

「ああ、カルデノから聞いたよ。この辺で何か音がするって？」

「ああ、怪しい音がするんだよな。けど入り口がどこにもないんで探してる」

「へえ？」

リタチスタさんは窓から少しだけ身を乗り出して、床から響く音へ耳を澄ませた。

「確かに音がするね」

「だろ」

うーん、とバロウが腕を組んで唸ると、リタチスタさんが床を指さした。

「このあたりを壊してみるかい？」

「それ、すげー楽だけど、崩落とかでかえってひどくなる可能性もあるしなあ」

「違う違う。もっとこう、小規模に。まず穴を開けるところから始めよう」

「は？　いやおい……」

誰の同意も得ないままリタチスタさんは窓から中へヒョイと入って来て、床に大きな氷の塊をぶつけてサッカーボールくらいの穴を縦に三つ繋げ、細長い穴を開けた。

「うわあ……」

コニーさんとラビアルさんはドン引きで、リタチスタさんから一歩距離を取った。

「んん？　ほら何かあるよ」

さっそく床の下をのぞき込んだリタチスタさんが何か見つけたようで、荷物から明かりを灯す石を取り出し、穴の中へポイと投げ込んだ。

実際に何か見つけたとなると、先ほどまでの態度とは一転。コニーさんたちも窓から中へ入ってきて、一緒に床の穴をのぞき込んだ。

光源が小さいため細かなことは分からないけれど、明かりが落ちた先は二メートルほど下で、階段の途中であることが分かる。

階段はまだ下へと続いているようで、この階段が逆にどこから来ているのかが気になるところ。

「このまま床を壊して下へ行くかい？」

「ここまで壊したらそれでいいかあ」

最初こそ建物の破壊に否定的だったバロウも、もう少し広げれば飛び降りられるくらいに大きな穴の先を見つめ、面倒そうにそう言った。

追加で打ち込まれた氷魔法によって広がった床の穴は、楽に体を滑り込ませられるほどに広がり、先にリタチスタさん、それからバロウ、コニーさん、ラビアルさんと続き、私もカルデノに手を借りながら降りた。

リタチスタさんは明かりの灯る石を手にして光量を上げる。

窓に向かって右向きに木製の階段が下に続いていていて、途中から材質が石に変わっている。では上りはどこへ続いているのか。コニーさんが駆け足で確かめに行くと、リタチスタさんが手帳を見つけたという屋根裏へ繋がっていたらしい。

地下室へ行くために屋根裏へ上ってまた下る必要があるだなんて、よほど隠したいものがあるのだろうか、と全員が考えた。

「とりあえず地下室に行こうか。今はあの変な物音もしないけど、まさか野生動物がいるわけもないし油断はしないようにね」

リタチスタさんが先頭になり、広いとは言い難い階段を下る。

一歩一歩が慎重であったが、三十秒も下るとリタチスタさんが立ち止まった。

「あった、扉。鍵がかかってるけどこれも壊すよ」

告げるだけであり、誰の同意も必要としない。両手で包むように南京錠を撫でると、かすかな音と共に南京錠はボロボロになって地面に落ちた。

木製の扉が開かれる。きしむ蝶番がギギギとぎこちない音を立て、ゆっくりと押し開かれた。

「お……!?」

暗い地下室の内部を見たリタチスタさんが何かに反応し、手をかざすのが見えた。

そのあと、小さな悲鳴と共に何かが倒れる音。

「危ない危ない。ジャナバここにいたみたいだよ」

全員が狭い階段から地下室に足を踏み入れると、扉のすぐ近く、固められた土の地面にジャナバが小さく呻きながら横たわっていた。

「お前、なにやったんだ？」

バロウは特に慌てることもなく、ジャナバを指さしながらリタチスタさんに問う。

「私たちがされたのと同じさ。加減せず強化魔法をかけてあげただけだよ」

「あ、あれ？　強化魔法は自分にしか使えないって言ってませんでしたっけ？」

私が自分の記憶違いを疑いながらたずねると、リタチスタさんはフルフルと首を横に振った。

「強化魔法を他者に使うのが難しい理由は、人それぞれに加減する強さが異なるからだよ。そんなことを考えないで最大出力を浴びせるだけなら簡単さ」

自分を強化する分には加減が分かるためなんの心配もない。でも他人が必要とする能力の向上加減は深い付き合いでもない限り、行き過ぎたり物足りなかったり、かえって邪魔になる懸念がある。

その点、何も考えない最大出力は簡単なものだそうで、その最大出力の強化魔法を浴びせられたジャナバは今、地面で頭を抱え、呻いている。

「良かったのか？　こんな状態にしちまって」

バロウが言う。

「なぜだい？」

「どうやって隠匿書を手に入れたかとか、どうやって持ち主が俺らだって知ったのかとか、聞いておきたいことがあるだろ」

「あー……」

リタチスタさんはそう言われてから片眉を吊り上げた。

「ま、あとで強化魔法が薄れてきてから聞けばいいよ」

今すぐどうこうとは考えていないらしい。

「じゃ、さっさと地下にいるらしい死霊を処理してしまおう」

壁の小さな石にリタチスタさんが手を触れると、真っ暗で先の見えない地下室の天井に、点々と光が灯った。

一本まっすぐに続く通路があって、通路の両側は等間隔に重い錠の施された扉がある。パッと見ただけでも十室ほどあるだろうか。

「思っていたよりも広いね」

全員で少し奥へ進むと、どうやら通路は途中が十字路になっていて、初見よりさらに広いのだと気付く。

「時間がかかりそう」

コニーさんがため息交じりに言う。

「手分けしよう。コニーとラビアルは十字路左の通路を確認して」

「分かった」

コニーさんたちはさっそく通路を進み始め、離れていく。

「バロウは一人でいいね？」

「ああ。じゃあ俺はこっちの、右の通路を行くよ」

「頼んだ」

残った私とカルデノ、リタチスタさんで一組となり、地下に下りてすぐの部屋から調べることになった。

「リタチスタも一人で行動したら一番奥の部屋から調べられたんじゃないのか？」

部屋の前にたどり着いたところでカルデノが疑問を口にした。リタチスタさんはそれをすぐに否定した。

「いやいや、だってキミたち死霊に出くわしたところでどうする気だい？」

「……逃げるしかないな」

「そういうことさ」

とリタチスタさんは手をヒラヒラと泳がせた。リタチスタさんが部屋の錠を壊して扉を開ける。

「………」

すぐに部屋の中に入ると思ったリタチスタさんだったが、なんの言葉もなく動きを止めた。

「あの、リタチスタさん？」

部屋に何があったのか、肩越しに私も覗いてみると、黒い影がいた。

「ひっ」

びくりと肩が跳ねる。

後ろから私を支えるようにカルデノが背中に手を当ててくれたが、カルデノも同じく部屋の中を見ていた。

「死霊だ」

真っ黒な影のようだけれど、チリチリと震え、カゲロウのように虚ろだ。

確かに人の形をしていても、部屋の中にばらまかれたおもちゃみたいで、その場から動くことはなかった。

「も、もしかして地下は全部、こんな部屋ばっかりなんでしょうか」

ぞっとする光景だ。もしそうなら一体いくつの魂がこの地下室に閉じ込められているのだろうか。

「どうだろうね。そうでないと願いたい」

「そもそも襲ってこないのはなぜだ？　死霊なんて常に徘徊して人を見つければ襲ってく

るイメージがあるんだが」

「考えられるのは、マルビリスが死霊たちに動くなという命令を出しているとかだね」

動かないなら楽だ、とリタチスタさんは死霊に怖じ気づくことなく、一体一体に手を触れて、何を施しているのか次々と死霊を消してゆく。

ホロホロと砕けて煙のように消える様は、まるで成仏するようだった。

やがて、部屋の中から最後の死霊が姿を消す。

「動かないと楽なものだね。とても不気味だけれど」

リタチスタさんにとっても気分がいいものではないようで、死霊に触れた手をジッと見下ろして、水滴を落とすようにピッピッと払った。

死霊がいなくなった部屋は殺風景で、椅子の一つも置かれていない。こんな部屋では探すもなにもなく、次の部屋へと向かった。

「ここもか……」

死霊がただ置物のように存在している部屋がその後三部屋続いたため、恐らく地下は死霊のために使われているのだろうと思い、私たちの口数は減っていた。

けれど四つ目の部屋は、様子が違っていた。

「これは……」

死霊は一体もいなくて、他はすべて殺風景な部屋ばかりだったのが信じられないほど、上から下までびっちりと本が並べられた本棚が、壁一面を埋め尽くしていた。

「ここならもしかして、設計書が隠されているかもしれないですね」

「わざわざ本の隙間に隠してあるって？　確認するの面倒くさいなあ」

本の数は百や二百では済まない。とにかく手分けして本をパラパラと捲(めく)っては何も挟まっていないか、確認を急いだ。

私とカルデノは本の内容など読まず次々に本を出しては確認して戻して、一冊にかける時間は三十秒もないだろう。ふとリタチスタさんに目を向けると、ジーッと難しい顔で文字を目で追っているものだから、何かあったのかと問いかけた。

「今私が持ってる本、さっき拾った手帳よりも事細かに養子のことを書いてあるんだけど、キミたちの本はどう？」

「え、こっちは……」

今まで一文字だって読んでいなかった内容に目を凝らす。

「ええと、魔力の量は微々たるものだが魂の中に見たことのない形があるように感じる。ナントカ……とナントカでサレンから見つけた組み合わせを試してみよう……」

途中に読めない文字が混じっていたけれど、恐らく魔法文字だろう。

「あの、これ、内容が……」

「明らかに養子たちを利用した研究内容……。こっちは日記みたいだった」

リタチスタさんは自分の手にしていた本を軽く掲げた。

「日付は十年前で、ちょうどジャナバのことが書かれている」

栞代わりに指を挟んでいたページを開いた。

「ジャナバは相変わらず飲み込みが悪いものの、魔女の言葉の入れ替えには強い耐性があるようで、今までの養子と違って異常をきたすことはなく、魂の中の魔女の言葉の入れ替えを五回目も耐えてケロリとしている」

リタチスタさんが読み上げた文章の一部分は意味が分からなくて黙ってしまったけれど、私は徐々に妙なことに気づき始めた。

「魔女の言葉を確かめるには魂を抜き取ると聞いた覚えがあるぞ。マルビリスが確かそう言っていた」

カルデノも同じように気づいたらしく、一瞬遅れてからそう言った。

「そう」

リタチスタさんは手に持っていた本をパタンと閉じて本棚に戻す。

「マルビリスはジャナバの体から魂を抜き取り、別の子供が持っていた魔女の言葉を入れ直してまた元の体に戻すっていう実験を何度も繰り返しているってことだよ。だからジャナバに混じっていた微量の魔力は、何度も魂に手を加えたマルビリスのものだったんじゃないだろうか」

そんなカセットの入れ替えみたいな行為、簡単にできていいわけがないと何の知識もない私でも、本能的に分かる。

「死霊使いっていうのは、生きている人の魂にも干渉することができるのか？」

カルデノの問いに、リタチスタさんは明確な答えを持ち合わせていなかった。そのためか表情を曇らせる。

「分からない。死霊術については本当に些細な知識しかないんだ。ただ、死霊も魂だ。そこに干渉できるってことは、生きている者の魂へも干渉できる可能性を否定できない。ジャナバの魔力に混じっていた異なるもう一つの魔力がマルビリスのものだとしたら、死霊術がどうしてタブー視されてるのか理解できる」

死霊術によって人の魂を抜き取ることができたなら、すでにジャナバの魂は何度もマルビリスにいじられ、だからこそジャナバの魔力に微量なマルビリスの魔力が混じってしまっている。それがリタチスタさんの考えだ。

「簡単に人の魂に触れられるなら、そこまで死霊術を使いこなしているマルビリスはかなりの脅威だ」

「…………」

私たちは唖然とし、沈黙が満ちた。

「皆を待たせるね。早く確認してしまおう」

リタチスタさんの言葉で我に返った私は、再びカルデノと共にまだまだ残る大量の本との戦いを終えたのだった。

残るいくつかの部屋にはガラクタや家具が置かれていて、さほど時間はかからなかったものの、最後の部屋には不可解なものが置かれていた。

「これも死霊ですか？」

私が指さしたのは、部屋に並ぶ小型のガラスケースの中に入った小さな死霊たち。

先ほど見た死霊も大きさや形は生前の姿を反映させたようにバラバラではあったものの、五十センチに満たないガラスケースの中に入れられたこの死霊は、ウンと小さい。それも赤子というより、妖精のカスミのような小ささ。

「妖精だ」

十以上並ぶガラスケースの中の、輪郭さえおぼつかない小さな死霊たちが、ジッとこちらを観察するような動きを見せた。

「妖精の死霊は見たことがない。どうやって集めたのやら」

ここへ来てからずっとココルカバンの中に隠れていたカスミが顔を覗かせていた。

「カスミ？」

名前を呼ぶとカスミは苦痛に耐えるようにグッと歯を食いしばって私の顔を見上げ、何も言わずココルカバンの中へ戻ってしまった。

「そっとしておこう。数少ない同胞のこんな姿、カスミだって見たくなかったはずだよ」

「そうですね……」

初めてラティさんと出会った時の喜び方を覚えているからこそ、カスミがどれほど同じ妖精であるこの死霊たちの姿に悲しみを覚えたかは想像できた。

リタチスタさんはガラスケース一つ一つを丁寧な手つきで開いて、中の死霊に手を伸ばした。死霊はまるでリタチスタさんの手のひらに縋るように身を委ねた。

その一体だけではなく、妖精の死霊たち全てがまるで長年待ち望んでいた時を享受するように姿を消し、とても消化しきれない奇妙な感覚だけが残った。

私たちが最後の部屋から出て十字路の中心へ顔を出すと、ちょうどコニーさんとラビアルさんも持ち場の部屋を全て調べ終え、到着したところだった。

「そっちも終わったみたいだね」

「うん。そっちがどうだったか分からないけど、死霊はちゃんといたよ」

「こちらも似たようなものだけど、まあ二度手間にならないように報告はバロウも揃ってからにしようか」

「だね」

コニーさんとリタチスタさんが納得して、あとはバロウを待つだけだったのだが、一向に戻って来る気配がない。鍵の壊された箇所からして、まだあと二部屋ほど残っているようなのでバロウを手伝おうと部屋を開けると、バロウは一人で本の山と戦っていた。

「あっ、お前らもう終わったの？　よかった手伝ってくれよ」

嫌気がさした表情から、パッと笑顔になる。

どうやらバロウが進んだ通路の部屋には死霊は一体もいなくて、代わりに全ての部屋が本の山。設計書が挟まってないかと確認していたため時間がかかっていたらしく、報告がてら全員で同じ部屋の本を調べることになった。

まずはリタチスタさんからの報告で死霊の数、その中に妖精の死霊と思しい個体がいたこと、マルビリスがジャナバを使って何をしているかを伝えた。

「僕らの方も似たようなものだったよ。死霊と、いくつかの手帳。手帳は古いのが何冊かあって少し読んでみたけど、子供の売買記録ばっかりだった。やっぱり病弱な子ばかり引き取ってたなんて嘘で、都合の良い子供を選んで買い取って、必要がなくなればよそに売ることを繰り返してお金を作ってたってことだと思う」

「奴隷と変わらないな」

カルデノが言う。

「奴隷と違うところは子供たち本人に奴隷としての意識がないことじゃない？　実際、この屋敷の養子たちはまさか金銭でやり取りされたなんて知らない様子でマルビリスを慕ってるようだったし。大切にされてると思ってたのに独り立ちする前にまた金に換えられ

るなんて、とんでもない話だよ」

コニーさんの報告を受けて、リタチスタさんはピンと来るところがあったようだ。

「へえ、じゃあ信用のために今日は何が何でも孤児院へ行く必要があったっていうのは、子供の売買に関してかな」

それにバロウはなるほどと同意した。

「後ろ暗いことしてりゃあな。じゃあマジで今がチャンスだってことか」

ちなみにバロウの報告にこれといった発見はなく、ただひたすら本の中に設計書が混じっていないかだけを確認し続けていたらしい。

一人より六人。本の隙間を覗く作業を終わらせ、残るは十字路の一本の通路だけになった。

ただ不思議なことに、施錠をしているわりに部屋の中には何もなく、本当に物が一つも置かれていなかった。次々と部屋を確認しても、やはり何もない。通路の一番奥、突き当たりの部屋が最後となった。

先頭に立って錠を壊し、扉を開けたのはバロウ。

「おお？　誰かいる？」

部屋を見渡しながらバロウが中に入ったため、全員が後から続いて入る。

そこは、まるで子供部屋だった。絨毯が敷かれ、子供用の小さな椅子にぬいぐるみ、木製のおもちゃ。そしてバロウが誰かいると言ったのは、ベッドの上に子供が座っていたからだった。

「……あ、ん？　人形、か……？」

柔らかそうな茶色い髪は揺れず、幼くてあどけない瞳はこちらを向かない。まだほんの五、六歳程度の男の子の人形が、ベッドの中央に座っていた。

近くで見てみると経年劣化していて、いつ作られたのか、手入れはされているようだが、相当昔に作られたものと分かる。

小さな子供の大きさではあるものの、等身大であることに変わりなく、じっとその人形を見ていて、ふと思った。

「この人形、なんとなくヨシアに似てない？」

カルデノに言うと、リタチスタさんも一緒になって人形の顔を覗き込んだ。

ロイドさんが作っていたヨシアとは異なり、ずいぶん幼いけれど面影がある。私の思い違いとかではない。この人形が成長したなら、きっとヨシアと同じ顔になる。

「確かに似てるな……」

「似てるね」

カルデノとリタチスタさんは同意して、話が見えない他の三人が首を傾げた。

「似てるって？　デザインが似てるって話じゃなくてか？」

私たちはベイスクイットで知り合ったロイドさん、それから幼いころからロイドさんのそばにいたというヨシアとの関係について詳しく話した。

「じゃあそのロイドって人が小さい頃一緒に遊んでいた自分にしか見えない存在を、マルビリスが人形として持っててここに保管してるって？」

バロウが纏めてくれはしたものの、こうして聞くと全く繋がりもなく、ただただ突拍子のない話にしか思えない。

「子供が小さい時に作る、自分だけのお友達ってやつだろ？　やっぱり人形のデザインってそこまで種類がなくて似たような顔に見えるだけじゃないのか？」

そう言われると否定はできないものの、ロイドさんほどの腕の人が作ったモデルもいる人形に、そうそう顔が似てしまうなんてことがあるだろうか。

「にしても結構な年代物ですよね」

ラビアルさんもシゲシゲと人形の顔を眺める。

「人形ってこういうものなんですか？」

「こういう？」

リタチスタさんが聞き返す。

「なんていうんですかね。等身大であること、といいますか……」

ああ、とリタチスタさんは納得して、違うと答えた。

「昔は表立ってはいなかったけれどベイスクイットで等身大の人形が出回っていたらしい。けど一人の人形作家が、亡くした自分の子供そっくりの人形を作って、そこに魂を入れられれば子供が帰ってくると信じてたものの実際は魔物を作り出してしまい、それからベイスクイットでは等身大の人形は作られなくなったらしいんだ」

「へえ。じゃあこの人形はその事件以前の人形ってことですかねえ」

人形を見たままラビアルさんは言った。

「というかさ、その話を聞く限り、人形に魂を入れようとした人形作家って、まさかマルビリスってことはない？」

全員の視線が一気にコニーさんへ集まった。

「マルビリスは死霊使いでしょ。どうやって自分の子供の魂を探し出したかはともかく、人形に死霊を入れるくらい簡単にできたんじゃない？」

確かに、と呟いたのはリタチスタさんだった。

「マルビリスがカーペランに来たのは二十年くらい前だってことだったよね？」

「そうだね。住人の証言では」

「なら不自然ではない……この人形は、マルビリスの子供……？」

リタチスタさんが言い終わるや否や、部屋の外から物音がした。

バッと振り返ると、ジャナバがいた。

ふらつく体で壁伝いにここまで来たのだろう。全員がジャナバの強化魔法に備えて身構えた。

けれどジャナバに魔法を使う気配はない。

「そ、それ……？」

力尽きたようにその場で膝から崩れ、脂汗で湿った額に手のひらを当てた。

「ああ、強化魔法が切れてしまったんだね。思ってたより持続したなあ」

リタチスタさんがかけた強化魔法はジャナバからかなりの体力を削ったのだろう。今も呼吸は荒く、治まっていない。

「回復したならちょうどいい、いくつか聞きたいことがあるんだけれど」

ジャナバへ質問をなげかけようとしたけれど、彼はリタチスタさんの言葉がまるで聞こえていないようで、不自然に揺れる瞳が人形に向けられていた。

「なに。なに、それ……。こ、こ……？」

口が震えて思うように言葉を言えないのか、ジャナバはさらに息を荒らげて、その場で嘔吐してしまった。

「リタチスタ？　本当に強化魔法の効果、消えたのか？」

様子のおかしいジャナバを見たバロウが問う。

「もうここへ来て二時間以上経つ。さすがに消えてるよ」

それにしては具合が悪そうで、まるで私たちのことも見えていない。

「聞きたいことがあったけど、この様子だと難しいか」

バロウはジャナバに哀れむような目を向けた。

「まあ、この子供部屋も設計書が隠せそうな場所はないし、地上に引き上げていいかもな。あとはマルビリスが戻って来てから直接問い詰めるしかないだろ」

「そうだね。死霊は全て処理したし……」

言いながらリタチスタさんはジャナバをどうするか、と目で訴える。

「そういえばジャナバに自白剤、使うか？」

バロウの声が、やけに響いた気がした。

ジャナバは何にショックを受けたのか、肩で息をしたまま目を人形にくぎ付けにして動く気配がない。

「いいや、もう必要ないよ。マルビリスから設計書を取り戻しさえしたらもうここに用はない。多少の疑問は放っておこう」

「そうか」

リタチスタさんが最初に部屋を出た。

ジャナバを避けて、私たちはゾロゾロと部屋を出て、地下室の出入口にまで戻ってきた。振り返って少し遠くなったジャナバの丸まった背中を見たけれど、一向に動く気配はなかった。

地下から一階へ上がったところで、自然と深呼吸をする自分がいた。気づいていなかっただけで、きっと息がつまっていたのだろう。

すでに外は真っ暗で、どこかで虫が鳴いている。風もない静かな夜だ。

「さて、ここで時間を潰す方がいいかな？　恐らくまだマルビリスは戻ってこないだろうけれど、すれ違いだけは避けたい」

「じゃあここでお泊まりってことになるじゃないですか。僕は少し嫌だなあ」

ラビアルさんがリタチスタさんの言葉に困ったように笑う。

「なら食べるものだけ買ってきてくれるかい？　おつかいだけしてくれれば……」

穏やかな表情だったリタチスタさんが、突然口を閉じて屋敷の玄関の方を睨んだ。

どうやらリタチスタさんだけが異変を感じ取ったわけではなく、バロウもリタチスタさんと同時に、同じ方向を見た。

一気に空気が張り詰めるのを肌で感じた。

カルデノが私の肩を引き寄せる。

「まさかと思ったけれど、すでに地下まで荒らされてしまったとは。もう少し早く戻ればよかった」

マルビリスの声がする。

　必死に目を凝らして、暗さに慣れた目がなんとか姿を捉えた時には、マルビリスが思っていたよりもずっと近くまで迫っていた。こんなに音の響く廊下だというのに、足音は聞こえなかった。

　それでも私たちの前に立つリタチスタさんとバロウは、一歩たりとも引かない。

「地下室の死霊たちはね、私が数十年かけて集めた、魔女の言葉を保管していたとても大切な存在だったんだ」

「閉じ込めていたジャナバの心配はしないのかい？」

　棘のある声色だが、そんなリタチスタさんに、マルビリスは落ち着いた様子で首を振るだけで返事した。

「キミたちが探している隠匿書は全て私が持っている。この隠匿書を諦めて街を去られたなら追いかけようがなかったから、本当に良かった」

「まだ俺らの中にある魔女の言葉を欲しがってるのか？　地下の死霊なら全部始末したぞ。死霊使いのそっちに使える死霊がないってことは、もう抵抗だってできないだろ。おとなしく隠匿書を返せよ」

　バロウは本気で穏便に済ませたかったはずだ。けれどマルビリスは少し楽しい話を聞いたみたいに鼻で笑う。

「死霊使いの私が、なぜ全ての死霊を地下室に置いていると思っていたんだ？」

マルビリスが言い終わるや否や、私は全身に鳥肌が立つような感覚に襲われた。

「な、なに……？」

何かが動いている。十体ほどの黒い小さな影だ。まるで楽しげに飛び回る小鳥のような動きを見せたかと思うと、一瞬で私たちを囲む。

「かがめ！」

リタチスタさんが叫んだ。

指示の意味を理解するより先に体が動いた。

地面に伏せるように体を丸めると同時に、頭上から降り注ぐ炎が、ドーム状のものに遮られた。リタチスタさんが魔法で盾を作ってくれたのだろう。

決して広いとは言えない屋敷の廊下で、それも養子たちだって暮らしている自分の家で魔法を使うなんて信じられなかった。

弾かれた炎が辺りに引火し始め、すぐに床に燃え広がる。

飛んでいた黒いものの正体は妖精の死霊だった。

リタチスタさんは未だに私たちを囲む妖精の死霊に目を向ける。

「まさか死霊が地下室以外にもいたなんて」

「死霊使いが死霊を持ち歩かないなんて、そんな間抜けな話はないだろう？」

「こっちは知らないんだよ！　死霊使いの常識なんて」

リタチスタさんは苛立った様子で、引火している辺りに魔法で水をまいた。

「コニー、ラビアル、カエデさんたちと一緒に屋敷内の養子たちを連れ出せ」

「わ、わかった。行こう！」

バロウの指示を素直に聞き入れたコニーさんが先頭になり、近くの部屋へ入って壁をぶち抜き、マルビリスから大きく迂回して、縛った養子たちを放置している場所へ向かったけれど、死霊が一体追いかけて来た。

「うわっ」

しんがりを務める形で走っていたラビアルさんが、足止めを引き受ける。

「僕は平気だから行って！」

「分かった！」

ラビアルさんだけが残ると言うので振り返ると、もう一体、死霊が近づいているのが見えた。

「ラビアルさん！　もう一体死霊が！」

「えっ、わあ本当だ！」

死霊の放つ炎の魔法を簡単に避けて反撃に出る様子に、ホッとする。

「ラビアルさんは大丈夫だから行くよ！」

コニーさんに急(せ)かされ、大きな穴の開いた壁を潜(くぐ)る。

養子たちは入り口からほど近い窓の近くにいて、体を縛られてはいるものの、皆屋敷の中の出来事を理解できないまま怯(おび)えていた。

「僕は地下にいるジャナバを連れ出して来るから、そいつらは屋敷から離れた場所で放してやって」

コニーさんは別の部屋からもう一つ通路を作りながら、奥へ走って行った。

「ねえ、なんで屋敷、燃えてるんだ？」

一番年上の養子である少年が、私やカルデノを見上げた。

「マルビリスが死霊を使って火をつけた。私たちはお前らが焼け死なないように連れ出すために来たんだ」

「や、焼け死ぬって……。マルビリスさんが俺らをそんなぞんざいに……」

「地下室にお前ら養子を売買した記録があったぞ。他にもマルビリスは誰がどれだけ自分に有用なのかも書き記していた」

「そんなこと……」

目を泳がせながら自信のない声で言うその少年は、マルビリスを心の底から信頼しているわけではないらしい。

「自分たちがこの屋敷ではどんな存在なのか自覚はあるか」

その一人だけではない。他の養子たちも、どこかで引っかかっている部分があって完全には否定できないような空気が流れ、一人として反論しない。

「でもマルビリスさんは、マルビリス、さんは……」

自分たちが信じたマルビリスを、親という存在を諦め切れないのか、少年は歯を食いしばり眉根を寄せ、目にジワリと涙を溜めた。

「とにかく外へ連れ出す。邪魔するなよ」

カルデノが肩に少年を担ごうとすると、待って待ってとジタバタ暴れる。

「もっ、もう一人知らないか⁉　まだ小さいヤツで。夕方におつかいに行ったきり戻って来てないんだ」

「あっ」

それはひょっとして自白剤を飲ませて丘に放置したあの少年じゃないか、と思い至る。

「街の方に下りる途中で、多分寝てるよ」

それを聞いて、カルデノが肩に担いだ少年はホッとしていた。

魔法による影響か、ドンッと大きな振動が床を伝わって、養子が全員ビクリと肩を跳ねさせる。

「そういえばお前ら全員、魔法を使えるんだったな」

「それが何？」

「縄くらい、魔法で何かしたらすぐに逃げ出せたんじゃないのか?」

「……………」

カルデノの質問に、誰も何も答えない。カルデノもカルデノで答えを期待していたわけではないのだろう。小さく息をついて養子たちを立たせ、足首を縛っていた縄を切った。

「好きなところに逃げればいい」

カチ、とまるで時間が止まったように少年の動きが止まった。

「……好きなとこって、どこ?」

少年がカルデノに詰め寄る。

「ここが家なんだ。こいつらも皆そう。やっと手に入れたここが俺らの家なのに、好きなとこって……!」

誰も自由になった足で逃げ出すこともせず、ただその場に留(とど)まっている。

「……お前ら、仲がいいのか」

カルデノは養子たちの顔を眺めながら言った。

「え、あ、うん。生まれた場所も種族も全然違うけど、俺らは兄弟だ。本物の兄弟にだって負けない」

「ならどこでもいいからこの屋敷から出て行け。全員魔法が使えるなら子供でも仕事はある。仕事があれば金は稼げる。金があれば生きて行ける。居着く場所は後から決めろ。ここにいればマルビリスに使い潰されるだけだぞ。自分たちより先にいた養子たちがどうなったか薄々分かっていたから反論できなかったんだろう」

少年はギュッと口を固く結んで、後ろ手で炎の魔法で縄を焼き切った。それを見て他の養子たちも同じように体から縄を外すと、少年はクルリと振り返って他の養子たちに言った。

「自分の部屋が無事なヤツは荷物を纏めろ、最小限に素早くだぞ。部屋にある金と大切なものだけでもいい」

養子たちが自分の部屋を目指して駆け出したのを見届けた少年は、ちらりとこちらに目を向け、目に涙を溜めながら、何も言わず自分も駆け出した。

そこにちょうどコニーさんが戻ってきた。

「さっき養子とすれ違ったけど」

「あ、自分たちで出ていくって」

「そう。邪魔をするわけじゃないならどうでもいいけど、それより地下にジャナバがいなかったんだ」

何が原因か、茫然自失していたジャナバがいつの間に外へ出たのかなんて、別に大したこととは思わなかった。どっちみちこの屋敷から外へ出てくれればよかったわけで、目的は達成された。

「ほっといても問題ないだろう。それより終わったならラビアルの方に……」

「コニーッ！　ちょっと助けてぇ！」

カルデノの声をかき消し、ラビアルさんがコニーさんを呼ぶ叫びが響いた。

コニーさんは自分の名前が呼ばれた時にはすでに床を軋ませて駆け出し、私とカルデノも続いた。

ラビアルさんは二体の死霊に追いかけられていたはずが、今は三体に増え、代わる代わる炎を放たれて悪戦苦闘し、消火の手が回らず、火が広がっていた。

コニーさんも加わって、飛び回る妖精の死霊を魔法で撃ち落とそうとするも、目で追うのもやっとなほどすばしっこく、当たったとしてもリタチスタさんがさっき炎を防いだ盾のように、命中する直前に魔法が散ってしまう。

狭い室内であることも動きにくさの原因だろう。

「なんでこいつらこんなに耐久性高いわけ⁉」

「多分死霊術を使ってるマルビリスをどうにかしないと厳しいんだよ！」

リタチスタさんとバロウがどうなっているかを確認すると、死霊の数は二体まで減っていて、マルビリスの表情には余裕がなくなっていた。

「カエデとカルデノも今のうちに外へ！」

「は、はい！」

魔法を使えない私とカルデノは、この場では足手まといになるのは目に見えていた。まだ養子たちは荷物を纏めている途中だろうけれど、きっと騒ぎが大きくなっているのは察しているだろう。

開けっ放しになっていた玄関扉へ向かった私たちの背中へ、ラビアルさんが叫んだ。

「危ない！」

何が？　そう思う暇もなかった。玄関を潜った瞬間カルデノが私の体をグンと引っ張って、投げるような勢いで自分ごと扉の陰に転がった。

直後に中から一直線に外へ走った炎。

妖精の死霊の一体がこちらに狙いを定めたのだ。燃え上がる庭の草木をものともせず、中から追ってきた死霊が姿を現した。

地下に閉じ込められていた死霊には憐憫の情が湧いたものだが、今目の前にいる死霊はマルビリスに完璧に使役されていて、個の感情なんてものは一切感じられない。

「カエデ立てるな⁉」

「た、立てる！」

カルデノが私の腕を引くように立たせる。

逃げ道であった門にも、植木や芝生の火が燃え移っている。屋敷をぐるりと囲む柵は高くて、簡単には逃げられない。

そんな中、養子の中では小さい少年が一人、窓から小さな荷物と共に転がり出て来た。

「危ない！」

死霊は再度こちらに魔法を放つべく、小さな手のひらを動かす。私は地面を蹴って飛び出すように自分ごと少年を地面に伏せさせる。そのまま、また魔法が来ると身構えた。

けれど何も動きがない。

「……なんだ？」

カルデノは戸惑いを隠せないままだ。妖精の死霊は魔法を放つ直前だったが、それ以上の動きを一向に見せず、完全に停止していた。

「なぜ止まったんだ……？」

カルデノもさっぱり理解できないようで、私は少年を立たせた。

他の養子たちもゾロゾロと窓から飛び出し、私は庇った少年の手を引いた。

「マルビリスさん……」

養子たちは玄関から屋敷の中を見た。

けれどそれ以上の未練を見せないように強く唇を噛みしめ、少年たちは一度も振り返ることなく屋敷を立ち去った。

「終わったのかな」

私も屋敷の中へ目を向けた。

「分からない」

カルデノは呟くように答えた。

いつの間にか、コニーさんが地下にいないと言っていたはずのジャナバの背中が、火の残る廊下に見えた。フラフラしながら、けれどまっすぐにマルビリスの方を向いている。

様子を探るため、恐る恐る屋敷の中へ戻って火を避けながら近づく。

玄関から一直線の長い廊下の端に、地下から上がってきた穴が開いている。その前にはリタチスタさんとバロウ。マルビリスは二人に向かい合っていたため、こちらからは背中が見えるはずなのに、今はジャナバが立っていてマルビリスの姿は隠れている。リタチスタさんの視線からして、マルビリスは床にうずくまってでもいるのだろうか。

ジャナバとの距離が三メートルほどまで縮まった時、ジャナバが何か言葉を口にしているのに気付いた。

マルビリスは膝をついて、床に手をついている。

「マルビリスさん」

マルビリスからの返事はない。

「ねえ、ねえ、マルビリスさん、ねえ」

ジャナバがどんな顔で声をかけているのかは分からない。ただ、その声は死人を惜しむかの如く暗いものだった。

予期せぬ事態なのは、リタチスタさんとバロウの表情を見ればわかった。

今唯一落ち着いているのはジャナバ。つまりマルビリスに何かしたのはジャナバだ。使える魔法は強化魔法。恐らくマルビリスに強化魔法を使い、自由を奪ったのだ。

「聞こえてるでしょマルビリスさん。俺のこと他のヤツとは違うって言いましたよね、俺だけはずっと育ててくれたじゃないですか。替えがきく他のヤツとは違うって、俺にしかできないって言ってましたよね」

マルビリスがグラグラとよろめきながら立ち上がり、ジャナバと向き合う。

「そうだ、ジャナバ。お前は他のやつと、違う……」

「俺だけは可愛がってくれてましたよね。俺は親を知らないけど、きっとマルビリスさんみたいな人を親っていうんですよね」

まともに強化魔法をくらったリタチスタさんたちと違い、軽度なようだが、それでも異常な状態には違いない。

「ああ、そうだ」

「愛情、すごく感じてました。他の養子に何を言われても罵(ののし)られても、俺を優先してくれなくても、愛情があったから耐えてました」

「ああ」

愛情とは、親とはなんなのか、ということも曖昧な孤児であったのに、ジャナバなりにマルビリスを親と慕っていたのだろう。

マルビリスはジャナバを落ち着かせることを優先しているようで、ジャナバの言葉すべてに肯定を返していた。

次の質問が来るまでは。

「俺はマルビリスさんの愛情を受けてた。だから、マルビリスさんの子供はヨシアじゃなくて、俺ですよね？」

そうだ、とマルビリスは返せなかった。目を見開き、息を詰まらせ、明らかに表情を引きつらせる。

「どこで、その名前を聞い……」

ジャナバは左腕だけをマルビリスの腰に回して、抱きしめた。マルビリスは言葉を詰まらせ、それ以上続けられなかった。

数秒して、ジャナバはマルビリスから離れた。

いつから持っていたのか、ジャナバの右手には大きな包丁が握られていて、先端からポタポタと滴ったのが血だと気づいたのは、マルビリスが大きな音を立ててうつ伏せに倒れてからだった。

「あのねマルビリスさん、マルビリスさんの子供は一人でしょ？　それって俺ですよね、俺でしょ？」

相変わらず顔の見えないジャナバは声を震わせていた。泣いているのか喜んでいるのかも分からない。

うつ伏せに倒れたマルビリスを見下ろしたまま、囁くように曖昧で小さな声。

「私の子供は、たった一人、だ。私の不注意で死なせてしまった、幼い息子の、ヨシアだけ、だ……」

涙ながらのマルビリスの声。けれどハッキリ告げられた言葉を耳にして、ジャナバはガリガリと自分の頭に爪を立てた。

廊下の火が広がる。部屋の中にいたラビアルさんがリタチスタさんの元へ駆け寄る。

「あんな人形！」

ジャナバは突然声を荒らげ、マルビリスを乱暴に仰向けにして馬乗りになり、胸倉を掴んだ。

「あんな人形なんかが！　俺より大切だって言うんですか⁉　俺のどこに勝るって言うんですか！」

「げほっ、地下の人形を、見た、のか……！」

「俺はあれと違って殴ったって壊れない！　何だって言うことを聞けます！　成長もできる！　会話もできる！　表情を変えることができるしそばに付いて歩くこともできるし実験に協力することもできるじゃないですか！　俺の方が優れてるじゃないですかあんな人

形なんかより！」

マルビリスはもう意識が薄れてきているのか、荒い呼吸はしているものの、まともに言葉は返せない。

ジャナバはマルビリスから離れて、地下室へ続く床の穴を見て数歩そちらへ進んだ。

「それとも、あの人形がなくなったら、次は俺がマルビリスさんの子供になれるってことですか？」

「なに、を言う……！」

マルビリスは人形に強く反応を示し、力を振り絞って体を起こそうとした。

「あれ、焦ってますか？」

ジャナバが振り返り、初めて顔が見えた。泣いていた。平坦な声とは違って、悔しそうに顔を歪めてボタボタと涙を流していた。

マルビリスは何かを唱え始めた。それは、私たちが二階の破壊された書斎から屋敷の外へ転移させられた時と同じ種類の言葉。

音とも声ともとれる不思議に響く言葉。けれどそれを聞いたときよりも、ずっとずっと長く唱えている。

「転移魔法でも使うんですか？　俺を止めるために？」

マルビリスはジャナバに答えない。

ラビアルさんが、リタチスタさんとバロウに何かを告げる。

「全員外へ出ろ！」

リタチスタさんが怒鳴るように指示した。

「俺は先生の子供になれないんですか？　でも、へへ」

カルデノが私の腕を引いて後ろへ体重を傾ける。

「もう遅いですよ、壊したから」

ジャナバが手に持っていた包丁を自分の首に突き付けるのと、目の前の景色が入れ替わるのは、ほとんど同時だった。


「…………え？」

真っ暗闇だ。

ドサッと、カルデノに腕を引かれた勢いのまま、私は倒れ込む。

瞬きしても見える色が変わらない。ただ、腕を掴まれているぬくもりだけを感じる。

「カ、カルデノ、カスミ……？」

勇気を振り絞って出した声は震えていた。心臓が跳ねて、内側から鼓膜と脳がグラグラ揺れる錯覚に陥る中、カルデノの落ち着いた声がした。

「大丈夫だ、一緒にいる」

「よ、良かった。でもここ、ここは……」

「落ち着けカエデ、大丈夫だから。明かりはあるか？」

「さが、探す、待って」

震える手の感覚だけでココルカバンを開けると、私の指先へ自ら触れて来るものがあった。

「これ！」

それと耳に届いた小さくて可愛らしい声は紛れもなくカスミのもので、そして手に触れる固い感触が明かりを灯す石であることもすぐに分かった。

「ありがとうカスミ。みんな無事で良かったあ」

小さな光源だけれど、指先でつまんで辺りを照らす。

カルデノの顔と私の肩にしがみ付くカスミの顔が見えただけで安心感を覚えたけれど、涙をグッと堪える。

地面が目に入った。先ほどまでいた屋敷の板張りの床とは違い、ごつごつと土と石の混じったものであるのが一目瞭然だった。

ゆっくりと立ち上がってみる。

屋外であるはずだが月もなく、まるで蓋を閉じられた箱の中みたいに、上を見上げても真っ暗で空も見えない。

「私たち、マルビリスの転移魔法でどこかに飛ばされたってこと、だよね？」

「間違いないだろう」

直前のやり取りを見ていた限り、マルビリスはジャナバが地下室の人形に触れることを阻止するため、遠ざけようと転移魔法を使用したのだ。狙いがジャナバであったとしても、一人だけを狙う器用なまねはできなかったようだが。

「そうだ、皆一緒に転移魔法に巻き込まれたなら、リタチスタさんたちや別の部屋にいたコニーさんもどこか近くにいないかな」

落ち着きを取り戻すと、いろいろなことが把握できてくる。

まずここは声が大きく反響している。とても広い空間の中に私たちはいるようだ。湿気を含んだ地面には薄く苔が生えている。

手にしている明かりが小さいとはいえ、地面以外に光が届いていないのだから、その広さは想像できない。

「リ、リタチスタさーん……？」

遠くへ呼びかけるとは思えないほど小さな声で、近くにいるかもしれないリタチスタさんにまず呼びかけてみた。しかし声は帰ってこない。シンとした空間で、時折何かの羽音がするだけ。

「ここは恐らく、洞窟か……？　聞こえる羽音はコウモリとは違うようだが、生き物がいるなら外と繋がってるはずだ」

「外……、どこからか光が入って来てないかなあ」

ふと上を見上げると、チラッと二連に光る小さな粒があった。

「あ、ねえカルデノ、あそこに何か光ってない？」

私が指さす先をカルデノ、カルデノも見た。照らされる横顔が私と同じ場所に目を凝らし、そして目を見開いた。

「誰だ」

少し張っただけの声が、洞窟内に大きく反響した。

「え、だ、誰ってなに……？」

「あれは目だ。こちらの光が目に反射している」

二連の光があった辺りから目をそらさないままのカルデノだが、私の腕を掴む力が少し強くなった。

「まさかこの暗がりで私の存在に気づくとは驚いた」

頭上高くから、おっとりとした女性の声が降ってくる。まさか人がいるとは思いもしなかったため、驚くあまり肩がピクッと跳ねた。

私も同じく目を凝らすと、声の主である女性が、目の前に空気を切るような速度で降りて来た。

「へっ？　え、よ、妖精⁉」

私が大きな声を出してまたも驚いたのには、理由があった。

目の前の女性はカルデノよりも少し低いだけの身長ながら、背中には大きな透き通る羽を持っていたのだ。小さな小さなカスミと同じ、妖精の羽を。

ひゃ、とカスミの驚く声が聞こえた。

「おお、そちらにも妖精がいるではないか」

女性が見せた笑顔は美しく、暗がりでも発光していると錯覚するほど真っ白な肌は、およそ人とは思えない真珠のようで、艶やかで、一瞬息を呑んだ。

地面に引きずりそうなほど長い髪も同じく真っ白で、絹のような瑞々しい光沢が、暗がりで小さな光を跳ね返す。

「そなたらは、ふむ……？」

水の深いところを切り取ったような薄い青色の目が、私とカルデノを見比べるように動く。

見惚れるような女性らしい丸さのあるその目がうっすら細められると、どうしてか威圧感を感じて体が固まる。

土を踏むことのない足が、そろりそろりとこちらへ歩み寄る。

「どこから現れたのだろうなあ、侵入者どもめ」

重圧を感じる美しい笑顔のまま真上から見下ろし、私の肩からカスミを優しい手つきで掬い上げた。

「あっ、カスミ……っ！」

突然カスミを引き離されたことへの抗議も、自分たちの意思で突然来たわけではないことも説明しようとしたが、ジリッと足が痛んだことで言葉に詰まり、手に持った明かりを思わず手放してしまった。

「つぅっ」

何事かと瞬時に下へ目を向けると、地面に縫い付けられるように、ふくらはぎの中ほどまで氷で覆われていた。

カルデノも同様にその場からは動けなくなっていて、腰から大ぶりのナイフを抜いたのはきっとその氷を砕くためだ。けれど真っ白な髪の妖精はそれを許さず、カルデノの身動きを封じるように氷の範囲を大幅に増やし、胴体と腕を氷で固めてしまった。

「待って、待ってください私たちわざとここへ来たんじゃないんです！　危害を加えようとかでは決してありません！」

「そうか、そうか。ここへ来る者たちは皆、口を揃えてそう言うなあ」

カスミは掬い上げられた手の中でジタバタと暴れるも、白い妖精はカスミが手から抜け出すことを許さず、両手で優しく包むように体を押さえつけ、理由が分からず困ったように見下ろした。

「どうしたのだ。何に怯えている？　私はそなたと同じ妖精だ。あの者たちにはもう従わずともよいのだぞ」

ゆっくりと、柔らかな声色もカスミは受け付けず、声を張り上げた。

「ちがう！　カスミとカルデノ、ともだちなの！」

「……そう言えと命令されているのか？」

白い妖精は眉間に深くしわを寄せる。

「ちがう！　放して！」

どれだけ暴れても体が自由にならないことにしびれを切らしたカスミが、白い妖精の顔面目掛けて風を放った。

「んわっ」

人を容易に吹き飛ばすほどの威力があるカスミの風を受けて、白い妖精は長い髪を鯉のぼりみたいに宙へ泳がせただけでビクともしなかったけれど、カスミは緩んだ手から逃げ出すことに成功し、私とカルデノを守るように白い妖精に立ちはだかった。

白い妖精は髪をボサボサにしたままポカーンと口を半開きにして目を見開き、とても驚いた様子だった。

「もしや、本当にそなたの友達なのか？」

「そう！」

どうやらカスミは相当頭にきているようで、眉間にシワを作って、見たことのない表情で怒りを露わにしていた。

「え、あ、なんと……」

自分が誤解していたのだと悟った瞬間、白い妖精は右往左往。そしてハッとしたように私とカルデノを拘束していた氷を次々に壊していく。

「怪我はないか⁉　体温は正常か⁉　たっ、体調が悪いなど、どこか異常をきたしてはおらぬか……？」

私とカルデノの周りを飛び回ってキョロキョロと観察してくる様子が、先ほどと同じ妖精と思えなかった。

「え、と、あの……」

妖精の態度がとてつもない変わりようであったため、私は言葉が出てこなかっただけなのだが、白い妖精は錯覚したのか口元に手を当てて、真っ白い顔色をさらに悪くした。

「どこだ？　どこを痛めた？」

「私は大丈夫です。短時間でしたし、衣服の上からだったので」

「では赤毛のそなたはどうだ？　どこも痛くないか？」

どうやらカルデノも戸惑っているようで、少し間を開けてから小さく頷いた。

「そ、そうか……」

　胸を撫で下ろした白い妖精は、コホンと咳ばらいをしてから、私たちの目の前で地面に足を付け、反省の意を示すためか、ゴツゴツと痛そうな石が転がっている地面にぺたんと座って頭を下げていた。

「すまない。てっきり妖精を捕らえるためにここに侵入して来た者とばかり……。私の早とちりであった」

　シュンとうなだれてつむじを見せる姿が哀愁を漂わせ、本当に悪気などまったくなかったのだろう。

「謝罪はもういいんです、本当に大丈夫ですので」

　私が言うと、白い妖精はしずしずと顔を上げた。

「それでその、あなたも妖精で違いないですよね？」

　問うと、白い妖精はコクンと頷く。

「そうだ。私は……、そなたらが思った通り他と違って、その、まあ少し大きいが妖精だ。名前はシロネリという」

「シロネリさん……」

　カルデノとの身長差がわずか十センチほどであるのを見ると、少しどころかかなり大きい妖精だけれど、大きさ以外はカスミやラティさんと羽根の形も変わらないし、反省の意を示し終えた今、地面から数センチ浮いて楽にしているところも変わらない。

「そなたらの名前も教えてもらえるだろうか？」

シロネリさんはソワソワ、ワクワクと、好奇心いっぱいで私たちの顔をのぞき込む。威圧感を感じたはずの目が、今はプレゼントボックスを目の前にした幼い子供のように期待いっぱいで輝いている。

「カスミ！　私カスミ！」

カスミも謝罪されてからはすっかり怒りを鎮め、同じ妖精を目の前にして喜んでいる。

そして片手をピンと高く上げて自分から名乗る。

「そうかカスミ。カスミというのか」

楽しそうに私たちのことも紹介し終えると、シロネリさんは満面の笑みを浮かべた。

「こっちはカエデと、カルデノ！」

「ではカスミ、カエデ、カルデノ、そなたらにここの仲間たちを紹介しよう」

「仲間？　他にも妖精がいるのか？」

カルデノは真っ暗な洞窟内をキョロリと見回す。

「ここは私の部屋なので皆は入って来ないのだ。なに、向こうに行けば大勢の仲間が迎えてくれる」

そう言ってシロネリさんが先頭を行く。私もさっき落とした明かりを灯す石を拾って、背中を追う。

少し歩くと洞窟の壁にぶつかったけれど、シロネリさんは一点を手で押した。どうやら何重にも重ねた大きな葉が扉になっているらしく、捲ると人が一人通れる通路の向こうから、淡い光が差し込んできた。

シロネリ、シロネリ、といくつもの囁くような小さな声。

「皆に紹介したい者がいる」

そう言って、先に出たシロネリさんに手招きされるまま細い通路を通って別の部屋へ出ると、そこには百人を超えるほどの妖精たちがいた。

私の持つ明かりでは届き切らないほど広い洞窟内は棚田のように階段状になっていて、淡い光があるのは、羽を光らせる妖精たちが飛び交っていたからだった。

私とカルデノの姿を見て、ザワザワと穏やかではない空気に染まってゆくのを、シロネリさんが止めた。

「まだ理由は聞いていないがここに迷い込んでしまっただけだ。一緒にいるカスミの友達だそうだ」

シロネリさんがカスミを手のひらで差すと、同じ妖精同士だからだろうか、少しざわつく声は落ち着いた。

「先ほど私の確認不足でひどいことをしてしまった手前、皆もどうか優しく接してやってくれ」

シロネリが言うなら、と所々から聞こえる。

「あの、歓迎してくれてとてもありがたいんですけど、私たちすぐに戻らなくちゃいけなくて」

「戻る？」

シロネリさんは首を傾げる。

「はい。仲間とはぐれてる状態なので」

「ふうむ」

真っ白で美しい髪を手櫛で整えながら、逡巡のち再度口を開いた。

「今はもう真っ暗だ。とにかく一晩ここで休んではどうか？」

私はカルデノと顔を見合わせた。

「……確かにここがどこかも分からないまま夜道を闇雲に歩くのは、危険だろうな」

「そっか。そうだね」

私はココルカバンからメナエベットの地図を取り出して広げ、シロネリさんに見せた。

「ここって、地図でいうとどの辺ですか？　あまりカーペランから離れてはいないと思うんですけど」

「ほう。そなたらはカーペラン……から来たのか」

「はい。そこで転移魔法に巻き込まれまして」

シロネリさんは熱心に地図を覗き込み、いろいろと地名を確認してはフムフムと難しい顔をして頷いていた。

「なるほど、ここが地図のどのあたりか知りたいとのことだったが」

「はい」

「さっぱり分からない」

「………………え？」

シロネリさんはとても申し訳なさそうに肩をすくめていた。

「そのだな、そもそも地図とやらを見たのも、ほとんど初めてなので見ても分かることが何もない」

私は唖然とし、カルデノは顔を覆うように頭を抱えた。

他の妖精たちも興味を引かれたのか次から次へと地図を覗きに来たものの、誰もこの洞窟がどの地域にあるのかを知らなかった。

「……朝になったら、自分たちで突き止めるしかないな」

カルデノが小さな声で私に言った。

シロネリさんは私たちの会話が終わるのを見計らい、何か言いたそうに胸の前でソワソワする指先を遊ばせながら話しかけて来た。

「ではその、すぐにでも休むか？」

「そうします。どこか場所を借りられますか？」

「それなら私の部屋を貸そう！」

その言葉を待っていたとばかりに、食いつくように返事が返ってきた。

あまりに勢いが良かったので気圧されつつも、カルデノとカスミにもそれで良いかと問う。

二人とも賛成してくれたので、シロネリさんは早速先ほどの真っ暗な部屋に私たちを招いた。

「暗いと不便であろう」

そう言って、他の妖精たちのように羽をパッと光らせた。

明かりの灯る石を使おうとしていた私は手を止め、明るくも柔らかな光を放つ羽が不思議で、ジッと見つめた。すぐ近くで光源である羽を見ても、目に焼き付く感覚はない。

「綺麗ですね」

「うん？　カスミの光は見たことがないのか？」

「光るなんて知らなかった。すごいねカスミ」

ところがカスミも驚いていた。

「わたし、光るの？」

シロネリさんは笑った。

「魚がエラで呼吸するように、クモが糸を吐くように、私たち妖精は光を放つことができる。この洞窟に住む妖精たちは私も含めて暗い場所にいることが多いから、必要に駆られない妖精よりも光を放つのは得意だがな」

カスミは自分の羽を見て首を傾げて、シロネリさんの光る羽に再度目を向ける。

「一人で生きてきた妖精は、自分の可能性を知らないままでいることも多い。カスミが気になるなら、あとで教えてあげよう」

「うん！」

カルデノが洞窟内を見渡す。

「本当に明るいな……。さっきよりもずっとよく見える」

近くならはっきりと見えるし、洞窟内の壁もうっすらではあるが全体を照らしている。自然にできた空洞で手は加えられていないと思っていたけれど、一か所だけ、雑に岩肌を削った階段のような場所がある。それはずっと上に、光が届かない所まで続いていた。

「寝床はこちらだ」

気になっていた階段の奥に、寝室と呼べる部屋があった。

全体が、木で枠が組まれて直接地面に触れない作りで、細く繊細な糸のようなもので作った網をピンと張ったベッドになっていた。どうやらこの上で寝るらしい。十分な広さがあって、全員で寝てもまだ余裕があるだろう。

「ここが私の寝床だ。広くてなかなか良いものだろう？」

遠慮せず上がるといいと言われ、恐る恐る網の上に乗ってみると、固くなく、ほどよい弾力で体に負担がかからない。

先にシロネリさんが背中からドサッと勢いよく横になり、フヨフヨとベッド全体が揺れる。

同じく寝そべって、天井を見上げる。ここも洞窟内に変わりないのだが、天井の中心の一部だけが一枚のガラスのような物でできており、そこから月の光が差し込んでいるのに気が付いた。

「あ、ここは外が見えるんですね」

私の言葉を聞いて、ベッドに座ったままのカルデノも天井を見上げた。

「うむ。あれは水晶でできた窓なのだそうだ」

シロネリさんは羽の光を小さく絞った。

カスミは外が見える天井が気になるようで、一人で天井付近へ飛んで行ってしまった。

「先ほどは言いそびれてしまったのだが、ここがどこなのか、全く分からないというわけではない」

「え⁉」

驚いて上半身を起こす。

「誤解しないでほしい。地図でここがどこと分かるわけではなく、周りが水に囲まれているのを知っている程度のものでなあ。あまり役に立つ情報ではないだろうが、一応伝えておきたかった」

「いえ、それだけでも十分な情報です」

カルデノも仰向けに寝そべり、ベッドが揺れた。

「水というのは、湖のことか？　それならここは島か？」

「うーむ。……島だなあ。ずーっと昔、大妖精様が妖精の楽園を欲して作ったのが、この島なのだと聞いている」

「大妖精様？」

どこかで聞いた話だなと少し引っかかる。

「もしかしてシロネリさんも、その大妖精様なんですか？」

他とは違う大きな姿からそう思ったのだが、シロネリさんはすぐに首を横に振って否定した。

「私はただ体が頑丈なだけで、特別な力など何も持っていない。数十年前にこの島で生まれて、大妖精様の生まれ変わりだと言われて期待されているのを感じた。なので皆が望む理想であろうとしているだけなのだ」

大妖精様は今のシロネリさんのように大きく真っ白な姿をしていたらしく、それが誤解された大きな一因だろう。

「私も自分がどうしてこのような姿で生まれて来たのかずっと不思議に思っているのだが、たくさん考えて、長い時間悩んで、それでも分からなくて。一番自分を納得させられたのは、個性であろう、ということだ」

くあーっと大きなあくびをすると、シロネリさんは目を閉じた。

「明日になったら島を案内しよう。そなたらもよく、眠るのだぞ……」

あまり開かなくなった口でそれだけ言うと、すぐにスピーと寝息が聞こえてきた。

「シロネリさん、もう寝ちゃった」

私はうつ伏せになってココルカバンを漁った。

「カエデ、どうした?」

私の行動が不思議だったのか、カルデノもうつ伏せになって私がココルカバンから取り出したものへ目を向ける。

私が取り出したのは、パンフレットだった。

「それは、確か噴水が観光地になってた……」

「そうそう、ほら、大妖精様がなんとかって」

リタチスタさんからの伝言を、バロウへ届ける道中で立ち寄った街の観光地である噴水

に、妖精の言い伝えが添えられていた。

パンフレットを確認すると、大妖精様が作った妖精の楽園があり、街の中の湧き水が妖精の楽園に繋(つな)がっている、というのがあの噴水だったらしい。

「大妖精様ってことと妖精の楽園ってことは、シロネリさんから聞いたから本当のことなんだろうけど、まあ湧き水は眉唾(まゆつば)だよね」

「だろうな」

パンフレットに大した情報は書かれていないものの、私が確認したかったのは、あの噴水の街がどこなのかだ。

パンフレットに書かれた街の名前を地図で探す。

「あった、あの噴水の街」

地図に見つけた街が目的ではなく、その周囲。島が浮いている湖が地図で確認できれば、自分たちが今どこにいるのかを明確に知る手掛かりになると考えたのだ。

カルデノもそれを聞いてなるほど、と一緒になって地図をのぞき込む。

ちょうどカスミが戻って来て、三人で寝そべりながら地図に記されているであろう湖を探した。

「あ、これかな？」

見つけたのは地図上ではほんの小さな湖。

「ええと、オルガレン湖？」

小さな文字で書かれた湖の名前。湖の中に島があるように描かれてはいないけれど、ここが今いる場所なのだろうか。

「もしここなら、カーペランとはずいぶん離れてるな」

カーペランはメナエベットの中心より少し北に寄った位置にあるが、オルガレン湖はメナエベットの西、それもそこそこ外側に近い位置にある。

「なんでこんなに離れた場所まで……」

「オルガレン湖が今いる正確な場所かどうかはまだ分からない。そのパンフレットを信用するのもいかがなものかと私は思うぞ」

そう言って、地図に重ねるように置いていたパンフレットをカルデノは指先でトントンと叩いた。

「それもそうだね」

「さあ、私たちも寝よう。湖の中に島があるなら、対岸へ渡るのも体力を使いそうだからな。寝れる時は寝るぞ」

「やっぱり泳ぐことになっちゃうかなあ」

「覚悟は必要だろう」

ここから離れたら、すぐに場所を確認してカーペランに戻ったとして、全員と合流するのにどれくらいかかるだろうか。そう考えながら眠りについた。

翌朝、シロネリさんの案内で洞窟から外へ出ると、せっかくの朝日は薄くかかる霧でかすんでいた。

自然豊かでウンと背の高い木のてっぺんも霧でかすみ、どこもかしこも美しい色とりどりの花の絨毯(じゅうたん)には露が輝き、霧で先まで見えないため、まるで永遠に続く花畑のような幻想的な光景が広がっていた。

「わあ、すごく綺麗(きれい)な場所……」

カスミと共に目を奪われていると、シロネリさんはすでに数メートル先を行き、早く早くと手招きした。

妖精たちは皆、地面を歩くことをあまりしないのだろう。洞窟の出入口の付近でも花畑は踏み荒らされた跡がなく、私とカルデノが花畑に足跡を付けて歩くことに少し罪悪感を感じたほどだった。

「今から行くのは、侵入者が一番多く入って来る入江だ。運が良ければそのまま使える船があるやもしれんなあ」

これはすぐにでもこの島を出られるかもしれない、と期待が大きくなった。

洞窟から十分ほど歩くと、シロネリさんが前方を指さした。

「見えてきた、入江だ」

薄い霧の向こうに、たゆたう水面が見える。シロネリさんの言う通り入江には船がいくつか放置されているが、どれも壊れていたり朽ちていたりで、とても使えそうにない。

霧は島の外にまでかかっているのか、入江の水辺に立って目を凝らせば、対岸が見えるだろうとジッと観察したけれど、他に陸地は見えない。雲の隙間から差し込む朝日も何も映してくれず、何も把握するに至らない。

「あ、あの……、ここって湖じゃ、ないんでしょうか？」

「うーむ……。私はこの水がどのようなものかを知らんのだ。当然渡った先に何があるかも知らん。何も教えてやることができず本当にすまない」

「いえ、気にしないでください」

ジーっとどこかを見ているカルデノなら何か見つけだだろうか、と声をかける。

「カルデノ、何か見える？」

私同様、水平線に目を凝らしていたカルデノは根気強く何かを見つけようとして、けれどしばらくして力なく首を左右に振った。

「いや、何も見えない」

ギニシアから離れ、カーペランから知らない土地へ飛ばされ、あげく周りに陸地は見えない。

私はシロネリさんにもう一度地図を見せて、昨日探したオルガレン湖を指さしながら言う。

「このオルガレン湖って名前に聞き覚えはありますか？　この辺には大妖精様の作った妖精の楽園の言い伝えがあるらしくて、昨日見つけた湖がここなんですけど」

「オルガレン湖？」

シロネリさんは少し考えて、やはり心当たりはないようで首を横に振った。

「そうですか……」

とても良い手掛かりだと思っただけに残念だった。

「島の案内をやめて、他の妖精たちに聞きに行こうか？　ここの名前だけであれば、一人くらい聞いたことがあるやもしれん」

シロネリさんも期待に応えられない心苦しさがあるようで、笑顔を見せるものの指先をモジモジと遊ばせている。

「じゃあ、あとで洞窟に戻って聞いてみますね」

一体私たちはどこへ来てしまったのだろう。

「そなたらは転移魔法でここへ来たと言っていたが、もう一度その魔法で元の場所へ戻ることはできぬのか？」

私は力なく首を左右に振った。

「私たちは巻き込まれる形でここへ来たので、魔法の使い方は分からないんです」

「そうであったか」

カルデノとカスミは一つ一つ船を確認して、ため息をついた。

「ここに、船を直せる者はいないか？」

「おらんな。なにせ妖精ばかりだ」

「そうか……」

カルデノが私の方へ目を向けてくる。

「どうする？」

「うん……。まさか都合よく誰か船に乗ってなんて……」

「……！」

突然、シロネリさんが勢いよく洞窟のある方角を振り返った。

「誰かが島へ下りた！」

「えっ、この島へ？」

「そなたらは洞窟の中へ戻れ、私が対処する！」

「えっ、ちょっと待ってくださいシロネリさん！」

恐ろしい目をしたシロネリさんはこちらの返答も聞かず、風のようにビュンと飛び去り、あっという間に姿を消してしまった。

直後、島中に響き渡る男性の叫び声に戦慄（せんりつ）した。

「今のは……」

カルデノが呟（つぶや）く。恐らく島に降りたという誰かだろう。

「誰かが島に下りたってことは、船があるってことだよね！　それにここがどこなのか聞けるかも！」

「ああ。シロネリの後を追おう」

シロネリさんの行う対処がなんなのかは今のところ不明だが、手荒な真似ならば阻止しなければ。あれでは命を奪ってしまっていても不思議はない。

私たちは焦燥感に駆られながら、来た道を戻るために走り出した。

〈『ポーション、わが身を助ける10』へつづく〉

この作品に対するご感想、ご意見をお寄せください。

●あて先●

〒101-0052 東京都千代田区神田小川町3－3
イマジカインフォス　ヒーロー文庫編集部

「岩船 晶先生」係
「戸部 淑先生」係

ヒーロー文庫

ポーション、わが身を助ける 9

岩船 晶

2023年10月10日　第1刷発行

発行者　廣島順二

発行所　株式会社イマジカインフォス
〒101-0052 東京都千代田区神田小川町 3-3
電話／03-6273-7850（編集）

発売元　株式会社主婦の友社
〒141-0021
東京都品川区上大崎 3-1-1 目黒セントラルスクエア
電話／049-259-1236（販売）

印刷所　大日本印刷株式会社

ISBN 978-4-07-456289-3